词章不是无情物

李宇明　著

巴蜀书社

图书在版编目（CIP）数据

词章不是无情物 / 李宇明著. -- 成都：巴蜀书社，2025.6. -- ISBN 978-7-5531-2425-4

Ⅰ.I227

中国国家版本馆CIP数据核字第2025DT7195号

CIZHANG BUSHI WUQINGWU
词章不是无情物

李宇明⊙著

出 品 人	王祝英
责任编辑	周昱岐
责任印制	田东洋　谷雨婷
封面设计	邓乔匀
出版发行	巴蜀书社
	四川省成都市锦江区三色路238号新华之星A座36楼
	邮编：610023
	总编室电话：（028）86361845
	营销中心电话：（028）86361852
制　　作	成都跨克创意文化传播有限公司
印　　刷	雅艺云印（成都）科技有限公司
版　　次	2025年6月第1版
印　　次	2025年6月第1次印刷
规　　格	889mm×1194mm　1/32
印　　张	10.875
书　　号	ISBN 978-7-5531-2425-4
定　　价	68.00元

■版权所有·侵权必究

本书若出现印装质量问题，请与印刷厂联系调换，电话：（028）84844320

诗家自话

诗贵乎情,情贵乎真。真情源自生活。

诗词之于我,韵文日记也。用诗词记录我行进之足迹,思考之心迹,情绪之印迹。副产品乃可锻炼字句,粹去文锈。诗句常成于傍晚小径、差旅途中,或走神会场,故而我之诗词,乃碎片砌成之物,本为自娱自存所用,也曾与友人同道共享,相互切磋,时有唱和。

经先秦,历唐宋,诗词已蝉蜕为目视之品。唱而无乐谱,诵而难双耳。然诗词必得有格律,格律必得以某时某代音韵为准。我生活之时代,经白话文及新诗运动洗礼,故平仄叶韵皆依今音,且格律从宽。入派三声,不只作仄字论。轻声依本字韵入诗。"今人今音"之理念,在创作中逐渐形成。

生平厌佶屈聱牙之句，鄙掉书袋子之文。作诗制词，尽量用平常字词，援平实话语，少据经用典。意欲平中求奇，淡中寻味，平淡而寻求奇味，不可谓陋。

诗词之前常带散文小序，或叙背景，或述心情，以助解诗意，以烘托气氛，有"药引"之效。古哲前贤，时有此式，而散骈合体，于我为常例，聊为特色。

自丁亥年（2007）起，心闲附风雅，始制诗词，年年所获不等，或几十，或过百，分年编集。今将2012至2024年的诗作，做些整理，缀加乙巳年（2025）新作，名为《词章不是无情物》，也是用诗对自己这段历程的记录。

李宇明

记于2025年5月21日，小满

目　录

卷之一　壬辰余诗

1 / 从北京到南京　　002
2 / 春雪　　002
3 / 破雾　　003
4 / 翡翠湖　　003
5 / 春分　　004
6 / 寄东风　　004
7 / 清明踏青　　005
8 / 晨光　　005
9 / 太湖初夏　　006
10 / 紫金庵　　007
11 / 橘花　　007
12 / "采"趣　　008
13 / 读枫　　009
14 / 礼拜佛祖舍利　　009
15 / 雄鹰飞过　　010
16 / 故情　　012
17 / 故友　　012
18 / 武汉东湖　　013
19 / 朋友　　013
20 / 鹊桥仙·农夫　　014
21 / 忆江南·蜂　　015
22 / 卜算子·梅森孔子学院　　016
23 / 忆江南·石之品　　017
24 / 在高雄过新年　　018

卷之二　癸巳抒怀

25 / 上元日　　020
26 / 祖传之歌　　020
27 / 小人精　　021
28 / 书夫人　　021
29 / 夕阳街行　　022
30 / 大邱四月天　　022
31 / 忆徐福　　023
32 / 京城飞絮　　023
33 / 五一打油诗　　024
34 / 平谷桃花　　024
35 / 卧月听泉　　025
36 / 闻《通用规范汉字表》
　　　即将发布　　026
37 / 造梦　　026
38 / 椿枣别说　　027
39 / 端午　　027

40 / 北语雨情	028	42 / 冬柳	030
41 / 闻国务院公布《通用规范汉字表》	029		

卷之三　甲午风云

43 / 冬	032	67 / 致张振兴先生	045
44 / 长沙	032	68 / 兰花	046
45 / 不服老	033	69 / 造化补情	046
46 / 读徐渭《葡萄图》诗	033	70 / 贺兰岩画	047
47 / 读春	034	71 / 竹笛	047
48 / 甲午随想	034	72 / 惊风	048
49 / 春望	035	73 / 茉莉花	048
50 / 岁末盼雪	035	74 / 中秋月	049
51 / 春日傍晚	036	75 / 秋原	049
52 / 海棠花溪	036	76 / 时差	050
53 / 春晨	037	77 / 戏学法语	051
54 / 致乔治梅森孔子学院	038	78 / 夜游塞纳河	052
55 / 别离	039	79 / 桂香	052
56 / 晨心	039	80 / 秋夜煮酒	053
57 / 春老	040	81 / 黄花城感秋	053
58 / 长相思·故乡	040	82 / 花海	054
59 / 五十九岁生日有感	041	83 / 北外秋池	054
60 / 世界语言大会	041	84 / 感秋	055
61 / 人生	042	85 / 太湖秋	055
62 / 金门晨思	042	86 / 荡口	056
63 / 晨雨	043	87 / 同济大学专家楼	056
64 / 彩虹应心	043	88 / 太古	057
65 / 金门菜刀	044	89 / 广陵秋雨	057
66 / 槐花曲	044	90 / 秋声	058

91 / 过瓜洲	058	98 / 枯叶凌风	062
92 / 秋叶吟	059	99 / 晚霞	062
93 / 秋思	059	100 / 题友人玉璧	063
94 / 秋画	060	101 / 冷梅	063
95 / 夜西湖	060	102 / 虚岁六十元旦感言	064
96 / 下沙大学城	061	103 / 除岁	064
97 / 黄叶	061		

卷之四　乙未小吟

104 / 答聂丹	066	124 / 大阪机场	076
105 / 卜春	066	125 / 风吕	076
106 / 南京早梅	067	126 / 雪河	077
107 / 天籁	067	127 / 千鸟渊赏樱花	077
108 / 盼雪	068	128 / 莫负春光	078
109 / 乙未立春	068	129 / 仲春感怀	078
110 / 爱劳动	069	130 / 樱花雨	079
111 / 杨柳风	069	131 / 沙尘暴	079
112 / 天伦	070	132 / 游黄岛	080
113 / 除夕夜读	070	133 / 洋兰	080
114 / 换岁	071	134 / 咏槐	081
115 / 亲聚	071	135 / 春池	081
116 / 青梅	072	136 / 观溪	082
117 / 温泉	072	137 / 月夜闲步	082
118 / 大漠情怀	073	138 / 六十感怀	083
119 / 初春	073	139 / 雨中	083
120 / 早春之夜	074	140 / 夕阳细雨	084
121 / 题友人美玉图	074	141 / 北京蓝	084
122 / 夜读	075	142 / 夜月	085
123 / 春晨出访	075	143 / 雨后出京	085

003

144 / 海棠果	086	157 / 赏秋	092
145 / 雨中信步	086	158 / 黄河鸟瞰	093
146 / 彩虹	087	159 / 天凉好个秋	093
147 / 家	087	160 / 枯叶	094
148 / 沙姆沙伊赫观海	088	161 / 秋晓	094
149 / 红海听涛	088	162 / 秋帆	095
150 / 红海日暮	089	163 / 秋椒	095
151 / 红海日出	089	164 / 初雪	096
152 / 阅兵蓝	090	165 / 宝石树	096
153 / 教师节	090	166 / 南歌子·初冬	097
154 / 观北京语言大学新生军训	091	167 / 仙林晨望	097
155 / 秋	091	168 / 冬晓	098
156 / 梦	092		

卷之五　丙申咏叹调

169 / 园丁泣	100	174 / 伊斯梅利亚	102
170 / 梧桐吟	100	175 / 雨中行	103
171 / 藏春	101	176 / 送别	103
172 / 赊酒	101	177 / 白露	104
173 / 望孙	102	178 / 彼得堡之思	104

卷之六　丁酉真声

179 / 丁酉除夕	106	183 / 晨光	108
180 / 丁酉感怀	106	184 / 踏春	108
181 / 长相思·元宵圆	107	185 / 春雪	109
182 / 柳笛	107	186 / 题朱顶红	109

187 / 竹	110	207 / 病中杂吟之六	120
188 / 樱花	110	208 / 病中杂吟之七	120
189 / 倒春寒	111	209 / 秋园漫步	121
190 / 山樱	111	210 / 公孙树	121
191 / 芳心倦	112	211 / 长亭柳	122
192 / 清明春色	112	212 / 秋花	122
193 / 再游海棠花溪	113	213 / 中秋	123
194 / 缅甸新年	113	214 / 霜晨	123
195 / 樱园品茗	114	215 / 晚秋	124
196 / 游青城山	114	216 / 绣球花	124
197 / 格拉茨晚宴	115	217 / 冬夜	125
198 / 碗莲	115	218 / 观灵犬台历	126
199 / 暑日	116	219 / 游大亚湾	126
200 / 逆光	116	220 / 粤地晨行	127
201 / 谒司马迁祠墓	117	221 / 石澳行	127
202 / 病中杂吟之一	117	222 / 太平山远眺	128
203 / 病中杂吟之二	118	223 / 思乡	129
204 / 病中杂吟之三	118	224 / 沪雨	130
205 / 病中杂吟之四	119	225 / 辞岁	130
206 / 病中杂吟之五	119		

卷之七　戊戌浅唱

226 / 女儿女婿学成归国	132	234 / 白玉兰	137
227 / 长相思·月食	133	235 / 过鹤壁	137
228 / 诗社	134	236 / 清明雨	138
229 / 戊戌立春	134	237 / 中原春色	138
230 / 贵梅	135	238 / 雨后春晨	139
231 / 致哨兵	135	239 / 宫崎	139
232 / 寒鹊	136	240 / 鉴真和尚像前	140
233 / 天伦之乐	136	241 / 鹿	140

242 / 野卧享天伦	141	255 / 等候	148
243 / 林中行	141	256 / 手术室外	149
244 / 飞机观夕阳	142	257 / 秋景	149
245 / 观云海	143	258 / 银杏	150
246 / 海泳金沙滩	144	259 / 秋叶曲	150
247 / 自蓬莱去长岛	144	260 / 晨曦	151
248 / 长岛观澜	145	261 / 落叶	151
249 / 字表情思	145	262 / 初冬感怀	152
250 / 理花	146	263 / 北大登高	152
251 / 访信阳旧居	146	264 / 乡音宋韵	153
252 / 农家游	147	265 / 五彩汴菊	153
253 / 橘子洲头看烟花	147	266 / 万象行	154
254 / 戊戌中秋	148	267 / 万象家访	154

卷之八　己亥留声

268 / 惜时	156	282 / 水墨绩溪	163
269 / 桃符	156	283 / 绩溪蓄能电站断想	163
270 / 戊戌感怀	157	284 / 交大晨光	164
271 / 再赋朱顶红	157	285 / 塞纳河畔	165
272 / 晨行	158	286 / 悲巴黎圣母院火灾	166
273 / 手术室外	158	287 / 日内瓦	166
274 / 早春三月	159	288 / 阿尔卑斯山	167
275 / 春心	159	289 / 野村远眺	167
276 / 迎春花	160	290 / 新果	168
277 / 新竹枝词	160	291 / 洛阳五月行	168
278 / 春柳	161	292 / 庭院夜步	169
279 / 春分吟玉兰	161	293 / 池鉴	169
280 / 榆叶梅	162	294 / 晨景	170
281 / 枕溪木屋	162	295 / 拜谒米公祠	170

296 / 凭吊兰卡斯特古堡	171	310 / 中亚回族移民画像	179
297 / 饮酒英格兰	172	311 /《人生初年》下印厂感怀	179
298 / 晨行兰卡斯特	173	312 / 腾冲慰国魂	180
299 / 空中晨眺	173	313 / 畹町抒怀	181
300 / 仿唐杜牧《江南春》	174	314 / 滇西公路	182
301 / 太阳岛	174	315 / 韩山师范学院怀韩文公	182
302 / 夏果	175	316 / 夜访广济桥	183
303 / 夜游京杭大运河	175	317 / 访漳州香蕉海林语堂	
304 / 蒙古草原感怀其一	176	纪念馆	184
305 / 蒙古草原感怀其二	176	318 / 茶楼品茗	184
306 / 蒙古草原感怀其三	177	319 / 莫干山夜眺	185
307 / 碎叶废墟怀李白	177	320 / 莫干山晨瞰	185
308 / 雾游阿拉尔恰	178	321 / 登山	186
309 / 吉尔吉斯抒怀	178	322 / 年尾感怀	186

卷之九　庚子行吟

323 / 庚子除夕怀古	188	335 / 清明祭父	194
324 / 青龙湖湿地	188	336 / 清明泪	194
325 / 寒春夜步	189	337 / 春红	195
326 / 茶花	189	338 / 花魁	195
327 / 新竹吟——		339 / 瞰春	196
献给战疫语言服务团	190	340 / 敛色	196
328 / 七星剑	190	341 / 特殊时期游海棠花溪	197
329 / 朱顶红十年颂	191	342 / 春归	197
330 / 云图	191	343 / 花事吟	198
331 / 日月同辉	192	344 / 月季	198
332 / 惊蛰	192	345 / 天悼	199
333 / 助妻理花	193	346 / 涵涵涂鸦	199
334 / 春迟	193	347 / 落红	200

348 / 喜鹊吟	200	352 / 水墨云意	202
349 / 六五感怀	201	353 / 秋寒	203
350 / 夜瞰四环	201	354 / 居京廿年感怀	203
351 / 视频面试	202	355 / 嫦娥奔（bèn）月	204

卷之十　辛丑慢曲

356 / 辛丑元旦	206	379 / 月季与荷花	218
357 / 冬阳	206	380 / 香橼	219
358 / 红辣椒	207	381 / 悼袁隆平	220
359 / 仙客来	207	382 / 六六感怀	220
360 / 冰上行	208	383 / 芭蕉扇	221
361 / 扬子夕照	208	384 / 荷园遐想	221
362 / 长寿花	209	385 / 路苔	222
363 / 立春	209	386 / 喇叭花	222
364 / 辛丑除夕	210	387 / 辛丑中秋	223
365 / 山巅树	210	388 / 秋分	223
366 / 小清河	211	389 / 秋愁	224
367 / 早柳	211	390 / 追影子	224
368 / 再吟玉兰	212	391 / 故乡秋	225
369 / 新柳	212	392 / 火烧云	225
370 / 辛丑春日朱顶红	213	393 / 重阳登高	226
371 / 绩溪菜花	213	394 / 悼章太先生	227
372 / 新安江画廊	214	395 / 北京秋韵	228
373 / 九姓祭鱼	215	396 / 临窗望雪	228
374 / 稻香湖云景	216	397 / 植菊自责	229
375 / 谷雨时节	216	398 / 祭父	229
376 / 暮春	217	399 / 别秋	230
377 / 杨絮	217	400 / 蟹爪兰	231
378 / 青杏	218	401 / 七七高考	232

402 / 高山杜鹃　　　　　233　　　404 / 减负　　　　　　　234
403 / 茶花吟　　　　　　233

卷之十一　壬寅清歌

405 / 茶花再吟　　　　　236　　　423 / 暮春之夜　　　　　245
406 / 天花板　　　　　　236　　　424 / 花色　　　　　　　245
407 / 雪　　　　　　　　237　　　425 / 栀子花　　　　　　246
408 / 佛手　　　　　　　237　　　426 / 观天　　　　　　　247
409 / 乡愁　　　　　　　238　　　427 / 黄河　　　　　　　248
410 / 新年吟　　　　　　238　　　428 / 六七自寿　　　　　248
411 / 再游青龙湖　　　　239　　　429 / 新爱莲说　　　　　249
412 / 立春感怀　　　　　239　　　430 / 六一节　　　　　　249
413 / 夜步　　　　　　　240　　　431 / 买花　　　　　　　250
414 / 情人节　　　　　　240　　　432 / 山水画廊　　　　　250
415 / 春苑晚坐　　　　　241　　　433 / 龙庆峡　　　　　　251
416 / 壬寅清明　　　　　241　　　434 / 奥海风荷　　　　　251
417 / 惜花　　　　　　　242　　　435 / 过武胜关　　　　　252
418 / 柳梢月　　　　　　242　　　436 / 怜母　　　　　　　252
419 / 飞絮　　　　　　　243　　　437 / 秋日晨行　　　　　253
420 / 谷雨　　　　　　　243　　　438 / 立冬　　　　　　　253
421 / 桐花　　　　　　　244　　　439 / 秋枝　　　　　　　254
422 / 凌霄　　　　　　　244

卷之十二　癸卯心迹

440 / 癸卯除夕　　　　　256　　　442 / 雨水日抒怀　　　　257
441 / 大叶九冠花　　　　257　　　443 / 惊蛰　　　　　　　258

444 / 春华	258	465 / 琼台师范学院感怀	270
445 / 午间打盹	259	466 / 邢福义铜像揭幕	271
446 / 六八自寿	260	467 / 影阁即景	271
447 / 癸卯春分	261	468 / 新书发布会感言	272
448 / 沙尘暴再叹	261	469 / 夜雨	272
449 / 咏柳	262	470 / 秋绪	273
450 / 岁月	262	471 / 家乡美	273
451 / 春光	263	472 / 老友家聚	274
452 / 仲春花相	263	473 / 秋叶锦	274
453 / 杖行	264	474 / 书签	275
454 / 登太平顶	264	475 / 哭母	275
455 / 小苑独坐	265	476 / 兰花鞋垫	276
456 / 喜闻《语言战略研究》入C刊	265	477 / 旧居秋晨	276
		478 / 金菊	277
457 / 贺潘文国教授八十华诞	266	479 / 两岸学术会十八年有感	277
458 / 小苑拾趣	266	480 / 京城神刀	278
459 / 悼侯精一先生	267	481 / 谈史	279
460 / 秋雨	268	482 / 医院语言景观掠影	280
461 / 病榻娘亲	268	483 / 第二次手术	280
462 / 校友小聚	269	484 / 效关羽	281
463 / 第39个教师节抒怀	269	485 / 护士颂	281
464 / 秋色	270	486 / 第三次手术	282

卷之十三　甲辰新韵

487 / 辞旧迎新	284	492 / 元宵节	286
488 / 大叶蕙兰	284	493 / 续宝东佳句	287
489 / 甲辰除夕	285	494 / 香橼再芳	287
490 / 都市春节	285	495 / 守本	288
491 / 破五	286	496 / 远方	288

497 / 孤眠	289	516 / 芒种	298
498 / 二月二	289	517 / 语学论坛	299
499 / 再吟白玉兰	290	518 / 懂你	300
500 / 早春	290	519 / 书能消夏	300
501 / 降温	291	520 / 贲月	301
502 / 失眠	291	521 / 中秋火烧云	301
503 / 望月	292	522 / 友聚	302
504 / 早花	292	523 / 重阳	302
505 / 再学步	293	524 / 词章有情	303
506 / 春雨	293	525 / 祭母	304
507 / 乡情	294	526 / 挚友聚会	305
508 / 清明思乡	294	527 / 再吟黄河	305
509 / 老家	295	528 / 无题	306
510 / 春浓	295	529 / 银杏大道	306
511 / 春趣	296	530 / 京师冬貌	307
512 / 仲春	296	531 / 冬至	307
513 / 北京语言大学	297	532 / 学术养人	308
514 / 诗之叹	297	533 / 刀片嗓	308
515 / 六九自寿	298		

卷之十四　乙巳春吟

534 / 元旦感言	310	542 / 廿年回望	314
535 / 除夕感怀	310	543 / 待东风	315
536 / 乙巳年话	311	544 / 妻病感怀	315
537 / 人机共舞	311	545 / 早春	316
538 / 彩头	312	546 / 玉兰颂	316
539 / 乙巳立春	313	547 / 鸟鸣春	317
540 / 春意	313	548 / 二月暮柳	317
541 / 春之名实	314	549 / 去医院路上	318

550 / 妻手术归来	318	561 / 再访香港中文大学	324
551 / 春分	319	562 / 维园闲步	325
552 / 春寒	319	563 / 谒蔡元培、陆费逵二公墓	326
553 / 春闲	320	564 / 春暮	327
554 / 流芳	320	565 / 泡桐花	328
555 / 春夜见闻	321	566 / 春归	328
556 / 梦乡	321	567 / 安阳国际文字大会有感	329
557 / 早花	322	568 / 春夏之交	329
558 / 紫藤	322	569 / 月季	330
559 / 牡丹与芍药	323	570 / 山行	330
560 / 春色	323		

诗窗半启看人生
　——《词章不是无情物》后记　331

壬辰余诗
/ 2012 /

壬辰年，我人生转折之年。当年从高校去机关，而今从机关又回到高校。诗需有事情触发，有激情奋笔，所谓"愤怒出诗人"。诗亦需有闲情逸致，见物能咏，咏物能喻。一年忙碌，诗作不多，名之《壬辰余诗》。记于2013年1月3日。

词章不是无情物

1 / 从北京到南京

乘高铁去南京,参加江苏语言文字工作委员会年度工作会。北国还是水瘦天寒,但随车南行,田野由秃渐绿。过了徐州,便有些春色了。心想南京应当是春意盎然,但南京烟雨蒙蒙,春意只能在想象里。

高铁南行渐有春,
蒙蒙烟雨锁江村。
踏青古代依时序,
观景今天随我心。

2012年2月29日,南京金陵饭店

2 / 春雪

一冬无雪。惊蛰过,但不闻天鼓咚咚。忽然清风细雨来,又雪花纷飞。迎雪感觉,点点凉爽,喜不自禁。

风细翩跹舞,
雪蝶扑面颊。
据说三月里,
偶有戏桃花。

2012年3月2日

3 / 破雾

去安徽大学，应邀验收211工程项目。北京大雾，众多航班晚点，甚或取消。我很幸运，虽然晚点三小时，飞机还是起飞了。破雾云端，艳阳普照，晴空万里，天地迥异也！

破雾入云端，
身摇气浪颠。
只说霾笼地，
刹那艳阳天。

2012年3月17日，飞机上

4 / 翡翠湖

夜宿合肥翡翠湖迎宾馆。晨起卷帘，翡翠湖春色四溢。早餐厅正好在湖边，盘中美食，厅外美景，怡然自得。

天倾翡翠浆，
新柳掩梅廊。
船坞晨曦幻，
舟人野曲忙。

2012年3月18日，合肥翡翠湖迎宾馆

5 / 春分

春分春过半，
昼夜等幅长。
黄道经天地，
光阴自珍藏。

2012年3月20日

6 / 寄东风

驱车通州，果然比北京城内稍有些春意。单独看柳，似无颜色；成行远眺，色染枝头，黄绒绒的新绿。路边时不时闪现出盛开的樱花，分外醒目：春来也！何日春色满园？寄托东风。

独看枝无色，
远观绿似绒。
何时春满地？
有望寄东风。

2012年3月27日

7 / 清明踏青

即将卸去司长职务。在语言文字应用研究所做所长5年,50岁时辞去所长职务,人生1/10的时间。当教育部语言文字信息管理司司长11年又4个月,若60岁退休,人生近1/5的时间。人说"无官一身轻",果然是也!

春柳春花春鸟鸣,
清明合意踏歌行。
官服甩下轻装换,
敞放胸怀啸谷风[1]。

2012年4月1日

8 / 晨光

坐在办公室,悠闲地望着窗外。这间办公室,最了解我工作的艰辛与幸福。朝霞万里,听枝头鸟鸣,唤友理新。

朝日韡东方,
霞染万里疆。
枝头勤鸟乐,
唤友理新装。

2012年4月9日

---

[1] 谷风:气象学上指白天从谷底吹向山顶的风。

9 / 太湖初夏

在苏州吴中东山镇,参加《中国语言生活状况报告（2012）》审稿会,一年一度。东山是陆俭明先生故乡,附近即是碧螺春产地。茶有千年历史,曾名"吓煞人香"。1699年春,康熙帝第三次南巡,品茶问名,觉得名不雅驯,赐名"碧螺春"。会议审稿,正有新茶上市。品着新茶,听着故事,谈论着语言国事,心悠情怡。

莺轻日暖花繁茂,
苇展青节柳气氲。
吴地从来多掌故,
新茶一盏碧螺春。

2012年5月2日,苏州吴中东山宾馆

10 / 紫金庵

苏州东山镇,有紫金庵,罗汉塑像最为有名。庵中有寒山与拾得两位高僧的对话图。寒山问:"世间有人谤我、欺我、辱我、笑我、轻我、贱我、恶我、骗我,该如何处之乎?"拾得答曰:"只需忍他、让他、由他、避他、耐他、敬他、不要理他,再待几年,你且看他。"趁在东山镇审稿之便,参观紫金庵。戴庆厦先生在高僧画前模仿拾得,郭熙兄模仿寒山听教,十分有趣。

太湖古刹紫金庵,
罗汉高僧留美谈。
续写今时新佳话,
戴师点化假寒山。

2012年5月3日,回北京火车上

11 / 橘花

夜步东山宾馆,幽香扑鼻。花小,色白,集于枝桠处,如同雪花凝结。众人皆不识此树此花,求教园丁,知是橘花。只知有橘,不识橘花,人间如此之事多矣!

寻香夜晚至田家,
五月散雪聚树桠。
秋日满园橘颂唱,
谁知果木必开花!

2012年5月3日,回北京火车上

12 / "采"趣

参加南京中国语言资源有声数据库培训工作会,住在南京师范大学仙林校区。有采月湖,湖名以篆书勒石。对"采月"作语法分析,可为动宾、定中两种结构,"采"可分为动词(採)、形容词(彩)。"採月""彩月"皆通,但"採月"更具诗意。"采"为会意字,上"爪"下"木"。"爪"竟然是右手形状,遥远的造字时代,是否已是右利手为常。湖畔赏名析字,只有语言文字学家,才能独得其趣。

郁郁仙林里,
清清采月湖。
动形说"采"字,
左右辩"爪"图。

2012年5月20日,南京师大仙林校区

13 / 读枫

游栖霞寺,登栖霞山。凭亭观城,隔江眺望燕子矶。枫槭满山。有一种枫,生叶即红,四季皆可观赏红叶,不必等到秋冬。

燕子矶江湍,
栖霞枫叶红。
无需霜染色,
夏送彩亭风。

2012年5月20日,南京师大仙林校区

14 / 礼拜佛祖舍利

昨日下午,去栖霞寺看佛顶舍利。佛顶舍利比常人顶骨厚两倍,照片放大,舍利竟嵌有翡翠、玉石等佛家所说的世间七宝。地下埋藏千年,今又重光。一僧人做导游,话语切近现实,颇有当年禅宗将佛典世俗化之风范。

舍利栖霞有,
千年再见光。
佛身容世宝,
奥妙毋心量。

2012年5月21日,回北京火车上

15 / 雄鹰飞过

访问葡萄牙理工学院，经里斯本回北京。在里斯本贝伦塔广场上，一对印第安卖艺者，在树下忧郁地吹着排箫。给些钱，请吹奏玻利维亚最有名的歌曲《雄鹰飞过》。听那箫声，看那皮肤，真相信印第安人就是当年跨海峡到美洲去的蒙古利亚人种。

悠悠排箫，
吹奏着《雄鹰飞过》。
那古老的旋律，
在讲述古老的故事——
这故事我没有听过，
又仿佛听过。

排箫，
拆开来，
横吹是羌笛，
竖吹是洞箫；
变变排列方式，
或为笙，或为龢。

再看那棕色的皮肤，
黑黑的头发，
平平的脸廓。
我相信，
在遥远的时代，

我们曾经是兄弟一伙!

啊,排箫!
啊,雄鹰飞过!

2012年6月16日,里斯本贝伦塔广场

16 / 故情

回教育部,参加接任司长宣布会。11年往事如电影般反复闪现。人不忘旧,着实令人感动。

昨晚思旧事,
心海难平静。
最为难得者,
故人入梦境。

2012年7月4日

17 / 故友

香港石定栩先生来京,谈第7届两岸现代汉语问题学术讨论会事。我从学校赶去,与多位老友相见。路上时风时雨,国槐金花,满树满地。触景生情,忆起当年两首咏槐词,记起《楚辞》有"悲莫悲兮生别离,乐莫乐兮新相知"句。

国槐又到撒金时,
旧友相见分外痴。
莫道悲悯生别离,
乐兮就在永相知。

2012年7月10日

18 / 武汉东湖

到武汉东湖宾馆，参加第22次高校领导咨询会。东湖面貌一新，似曾相识，似曾不识。闲暇散步，不辨东西。路过梅林一号当年毛主席故居，才仿佛有了方位。

重游故地景迷离，
似是相识亦不识。
忽见梅林一号院，
心中豁可辨东西。

2012年8月21日晚，武汉东湖

19 / 朋友

有的朋友在纸上，
有的朋友在心头。
有的朋友只谈朋[1]，
有的朋友可谈友。

2012年9月22日

---

[1] 周荐教授释曰："精辟，友于兄弟，朋比为奸。"我说："朋，还是古代贝币的计量单位。"周荐兄补道："重利忘义。"

20 / 鹊桥仙·农夫

陆游《鹊桥仙》这样写渔父:"一竿风月,一蓑烟雨,家在钓台西住。卖鱼生怕近城门,况肯到红尘深处? 潮生理棹,潮平系缆,潮落浩歌归去。时人错把比严光,我自是无名渔父。"标榜"大隐、真隐",其实仍然是"故意归隐"。而农夫,本在山野,无所谓隐与不隐,亦不知隐与不隐。我本农民出身,愿为农夫造像,且聊以农夫自喻。

满犁泥土,
满篓麦豆,
耕田一把好手。
秋冬春夏无闲时,
仿佛是生为忙碌。

日出而作,
日归而宿,
不舍天光一幕。
喜哀怒乐收成定,
就一个山野农夫。

2012年10月30日

21 / 忆江南·蜂

近读欧阳修《望江南》:"江南蝶,斜日一双双。身似何郎全傅粉,心如韩寿爱偷香。天赋与轻狂。 微雨后,薄翅腻烟光。才伴游蜂来小院,又随飞絮过东墙。长是为花忙。"既美他写蝶之妙,又为"游蜂"不平,故有此句。

六角房,
金甲侍女王。
蜇刺侵敌宁舍命,
沾惹花草四季忙。
常为酿蜜糖。

未曾想,
花乃人媚娘。
浪蝶偷香只在侧,
误得浑名曰轻狂[1]。
何处辨雌黄?

2012年11月8日,赴美访问的飞机上

---

[1] 俗有"狂蜂浪蝶"之语,将两者同视为弄花浪子、偷香狂徒。

22 / 卜算子·梅森孔子学院

访问乔治梅森大学,视察与我校合办的孔子学院。学校美景迷人,校方热情感人,孔子学院诸君成绩动人。夜占小令一首,以抒心绪。

画是校背景,
校是画一景。
夕阳斜照梅森湖,
彩叶踏歌行。

合作凭诚意,
办学燃激情。
梅孔诸君称典范,
把酒话新程。

2012年11月12日夜,马里兰大学

23 / 忆江南·石之品

有友名石品,善画。由其名想起石之用处,石之品质,成此《忆江南》。

石有品,品在匠坊间。筑路条条通四境,建房座座暖江天。
能不动容颜?
石有品,品在杏坛间。钻穿千岩知地理,探出百矿胜金钱。
能不做师范?
石有品,品在艺轩间。碑勒文章传古意,刀铭大印镇八蛮。
能不驻心田?
石有品,品在自然间。尘世苍生它载养,天公造物有山川。
能不颂人寰?

2012年11月15日

24 / 在高雄过新年

应台湾师范大学之邀,参加第11届台湾华语文教学年会暨国际学术研讨会。会后,在中华语文研习所安排下,乘高铁南下,参观肯丁。到台岛最南端之鹅銮鼻,看灯塔和巴士海峡。元旦晚上,在高雄。钟菊茹女士热心华语文教育,他们夫妇接我们到她家顶楼平台,看时代广场焰火。两三个小菜,品高山茶。异乡跨年,仿佛家里一般。同胞情谊,真的血浓于水。

宝岛迎元旦,
烟花梦幻生。
异乡尝醴酒,
两岸手足情。

2012年12月31日夜

癸巳抒怀

/ 2013 /

农历癸巳年，小龙年。大龙小龙都是龙。《通用规范汉字表》十年辛勤，终于发布，忘却艰辛，只余兴奋！年节从未等闲过，天地交互，四时循环。春日播种，秋日得果。做事情自应不计荣辱，为人为心亦为天。本年有诗有词，既是记录生活，亦是抒发情怀。今暂舍下词作，收拢诗篇，集为《癸巳抒怀》。记于2014年元旦。

25 / 上元日

上午，会议结束晚，吃盒饭，读点闲书。困，沙发假寐。窗外冬鸟声声，似在鸣春。突然想到明日就是元宵节了，感叹时光如驹。

闭目缓书倦，
隔窗辨鸟鸣。
元宵忽又至，
何处赏梅灯？

2013年2月23日

26 / 祖传之歌

下班回来，接过外孙女点点，边悠边唱。这些儿歌，是妈妈唱给我的，也是我当年唱给女儿的，如今又唱给女儿的女儿。她还能往下传唱吗？

搜尽平生唱儿[1]，
哼与点点听。
祖孙传数代，
文化可心通。

2013年2月23日夜

---

[1] 家乡话，"唱"儿化为名词，大意为"曲"。

27 / 小人精

外公之胸怀，如同摇篮。小点点舒服地睡在怀中。茶几上有盘西瓜，我趁机吃上几片，点点竟然因此而醒，真是个馋嘴小娃娃，太机灵了！

怀里已熟睡，
西瓜品味轻。
闻声睁眼觅，
馋嘴小人精。

2013年2月24日

28 / 书夫人

读闲书，闲读书，读书闲，书读闲。此乃读书四境界，亦为读书人四类别：曰书客，曰书友，曰书痴，曰书仙。读书是一种生活方式，甚或一种信仰，故而亦是做人四境界也。我有睡前读书习惯，书如夫人般昼夜陪伴，故称书为"书夫人"。

半床书牍半床月，
人有夫人不悖狂。
物理人情教日夜，
感知益利共分享。

2013年3月19日

词章不是无情物

29 / 夕阳街行

春分之日,昼夜等长。春分已过,昼长夜短。今年春分是3月20日(农历二月初九),天仍然很冷,但的确黑得迟了。

春分一过昼见长,
寒鸟翠羽染彩阳。
街头添衣风摇树,
一枝早杏报春光!

2013年3月25日

30 / 大邱四月天

飞韩国大邱,访问启明大学。大邱街头,除了韩文标记着异乡风情,民风景色如同汉家。校园,樱花遍野,教堂发挥多种功能,韩学村保存着韩国的传统文化。

四月樱花放,
春光漫大邱。
横圈人匚竖[1],
文化似中州。

2013年4月2日,韩国启明大学

---

[1] 对韩文的抽象感觉。

31 / 忆徐福

韩国济州岛,有汉拿山。当年徐福带五百童男童女,寻长生不老药,传说便到此地。有"西归浦"地名,但徐福没有西归,反却东行,去了日本九州。或说是继续寻药,或说是不敢回国复命,或说是要自立门户。伫立日出峰,听当年故事,想现实情景。

命求长生药,
西回反去东?
公意难妄解,
久立日出峰。

2013年4月3日,韩国济州岛

32 / 京城飞絮

杨柳飞絮,侵门入窗,落满家具。户外,一层层、一团团,随风卷地。无香无色,还能登堂入室,何况花香?何况书香?

和风杨絮漫天涯,
无色亦能入万家。
学苑文气传百代,
书香沁世不逊花。

2013年4月27日

33 / 五一打油诗

劳动节里好劳动,
文债一还身如鸿。
从今莫再轻诺人,
试作山林一放翁。

2013年5月1日

34 / 平谷桃花

驱车平谷大华山桃花海。遍地桃花,喜不自胜。五一假期过去,躲过人潮,可静心赏花,纵情拍照。

远山着意做樊篱,
千亩桃花映日红。
花片翻飞风扑面,
谁说黛玉葬花情?

2013年5月2日,顺馨度假村

35 / 卧月听泉

胡礼祥兄以"卧月听泉"作为微信名,问其故,答曰当年请中国书法家协会副主席陈先生赐字,赐以"卧月听泉"。胡兄喜画,常以此为笔名,并命我为此赋诗,于是便有此五绝。

溪畔青石上,
枕锄望月升。
山花香不辨,
入静唯泉声。

2013年5月27日

---

¹锄:或花锄,或药锄,亦或一般锄头。枕锄者,由官而为园丁,或为药僧,或为农夫,悠闲而生闲情逸致。

36 / 闻《通用规范汉字表》即将发布

下午,到教育部参加繁荣发展高校哲学社会科学、推动中国特色新型智库建设座谈会。见到国办三局老友,告诉我《通用规范汉字表》即将发布。十二年辛勤,一幕幕脑际闪现。原以为是黄粱一梦,竟然成真!

一枕黄粱梦[1],
十年赤子心。
天怜追梦者,
梦事竟成真?!

2013年5月30日

37 / 造梦

今天,北京语言大学副处级岗位竞聘。高见纷呈,后生有为。至此更觉干部竞聘办法,是有成效的;开辟让年轻人脱颖而出的制度,是有远见的。思想无价!明知改革身多难,亦不苟且误时光。

满苑枣花露,
一群造梦人。
秋风摇蜜果,
梦价胜千金。

2013年6月6日

---

[1] 唐《枕中记》有卢生黄粱一梦事。今人用"黄粱梦"比喻虚幻不实之事,或欲望如梦般破灭。《国家通用规范汉字表》研制前后十余载,国计在,辛苦在,如卢生梦中事。因种种原因,本以为已成黄粱一梦。

38 / 椿枣别说

椿花、枣花先后开放,花形皆小,花色近叶。若不是花香,很难被人发现。但到秋天,大红枣儿满树,孩童执杆打枣,而椿树之果何如?

椿花开罢枣花放,
朵小香浓透本神。
待到秋郎摘果时,
枣红遍野不识椿。

2013年6月7日

39 / 端午

又到端午节。龙舟赛仍在,但龙舟功能多变,有做服装表演者,有做游船供商女卖噪者,可谓艳也。食粽习惯仍在,但粽叶包裹内容多变,成为商家一噱头。端午形式多变,但别忘了屈原,舍本逐末!

南国龙舟艳,
北天粽叶宽。
举邦忙端午,
谁记讲屈原?

2013年6月12日,端午节

40 / 北语雨情

家中粉刷,躲学校办公室还点文债。午饭后,校园闲步,周末人稀,微风细雨,花草含露。拍几张照片,吟两句古诗,听几声杜鹃,难得有此闲情。然图书馆中,学子满座,边吃边读,亦为我心绪增几分宁静:有风无声,有雨无声,有书无声……

风拂树伞花含露,
林鸟偶闻三两声。
市井留此偏静地[1],
睫帘细雨弄闲情。

2013年6月16日,父亲节

---

[1] 陶渊明《饮酒》有"心远地自偏"句。

41 / 闻国务院公布《通用规范汉字表》

昨日下午,国务院办公厅在中央政府门户网站(www.gov.cn)公布了《通用规范汉字表》及国务院通知。今日8点半,中央电视台《朝闻天下》播报。心潮难平,顺心田流出四句,并发给朋友。知我者唱和多首。

少年豪气过云天,
一游狂心十数年。
身在其间知热冷,
任由世界作评点。

2013年8月20日

42 / 冬柳

去北京第二外国语学院，作《终生关照下的语言能力》学术讲座。沿四环到京通，路树叶尽，枝裸树瘦。唯有柳树，枝竿丝柔，随风轻舞。冬日懒洋洋地照在枝头，仿佛是小阳春呢。

叶尽大雪后，
风和丝柳柔。
冬阳西照里，
疑是暖春头。

2013年12月17日

甲午风云

/ 2014 /

《甲午风云》是1962年上映的一部电影,讲述中日甲午海战的故事。今又甲午年,借电影名作本年诗集名。其"风云",也许还有百廿前之风云,但更有今日之风云。记于2015年元旦。

43 / 冬

冬蕴春征候,皆在细微处:屋檐之燕雀,杨柳之梢头,地缝之蝼蚁,冰河之融声……它们,在悄悄谋春、画春,释放着春消息。

落木山河瘦,
三冬万物眠。
君察隐微处,
谁在画春天?

2014年元旦

44 / 长沙

到国防科技大学,参加首届国家安全与国防语言发展战略研讨会。长沙雾气腾腾,细雨蒙蒙,遮湘江高楼,笼岳麓林石。本是冬季,却黄梅季节一般。但冬季必然是冬季,只要有合适气象,立刻便能雪舞漫天。

烟雾笼湘岳,疑为梅雨发。
茫茫若海蜃,幻幻有仙家。
时令不虚妄,天缘加气压。
朔风一夜紧,满世舞雪花。

2014年1月12日

45 / 不服老

学校放假,看望三位老干部。发现自己亦白发染鬓,岁月欺人。有感老诗一首。

常筑少年梦,
光华镜僭翁。
N多书苑事,
抚案课新风。

2014年1月22日写就,26日修改

46 / 读徐渭《葡萄图》诗

友人微信发来明代徐渭《葡萄图》,有徐渭自题诗:"半生落魄已成翁,独立书斋啸晚风。笔底明珠无处卖,闲抛闲掷野藤中。"观图品诗,思古窥今,颇生感慨。

奇玉若石朴,
商官多昧觇。
明珠无贾处,
留下自把玩。

2014年1月24日

47 / 读春

风暖兰忽放，
无雪梅亦馨。
桃木新万象，
旖旎在心根。

2014年1月30日，除夕

48 / 甲午随想

春节联欢晚会上，演员小彩旗表演"时间"，持续旋转，毫无晕眩之感，身上的图案有四季变化。今年是甲午年，甲午战争已过两个甲子，120年。甲午何年？国人心颤之年。

春晚彩旗旋，
时间作喻言。
问君百廿后，
何处是马关？

2014年1月31日，年初一

49 / 春望

一夜东风起，
春来草木知。
怜花昨日句，
换作燕喃诗。

2014年2月7日

50 / 岁末盼雪

岁末思年事，
无雪憾有冬。
琼浆赊夏雨，
顺便借东风。

2014年2月8日

词章不是无情物

51 / 春日傍晚

岸柳夕阳染,
樱桃几树红。
云霞翔彩鹞[1],
款款试春风。

2014年3月31日

52 / 海棠花溪

清明节,与家人到元大都遗址公园海棠花溪。枝枝海棠花儿如瓣如簇,树树海棠花儿如屏如墙。花墙间几株垂柳,风中婆娑,更加新翠。古人有"绿肥红瘦"句,今儿只见"红肥绿瘦";俗语"红花还需绿叶扶持",今儿则是"花扶新柳柳更翠"。

柳翠花扶持,
红肥绿瘦时。
天失调色板,
化作海棠枝。

2014年4月5日,清明节

---

[1] 彩鹞:指风筝。

53 / 春晨

在北京华文学院，参加《中国语言生活报告（2014）》审稿会。华文学院地处五环之外，有些乡野气息，比城中安静许多。

晨起轩风润，
倚床辨鸟言。
城中得是静，
毋论地心偏。

2014年4月25日，北京华文学院

54 / 致乔治梅森孔子学院

上午,在马里兰大学,参加国际中国语言学会第22届年会,作《汉语的层级变化》主旨报告。之后,驱车到弗吉尼亚西春田(West Springfield)小学。学校利用孔子学院的"移动百宝箱",讲授中国传统文化。再到乔治梅森大学,与副校长等人餐叙。最后去孔子学院看望老师们,一起座谈,还让我把当年写给他们的一首《卜算子》,用毛笔再书写出来。情在此尔,心在此尔!

旧地重游日,
鲜花识故人。
和谐增友谊[1],
笔墨写诗文。

2014年5月2日,马里兰大学万豪酒店

---

[1] 乔治梅森大学孔子学院外方院长高青说,孔子学院与当地的和谐最为重要。和谐,也是乔治梅森大学孔子学院给我的最为深刻的印象。

55 / 别离

与外孙女游戏，中午吃蓝蟹，幸福无比。分别时依依难舍，父女含泪告别。而小点点，一个劲想去玩耍，还不懂分手之情。

见面时如箭，
分别总是难。
白头心变脆，
目润话天蓝。

2014年5月3日

56 / 晨心

启户花迎面，
千束万朵来。
晨曦荧残月，
紫气净心台。

2014年5月14日，上班路上

57 / 春老

王荣起先生，在昌平的昌崔10号有个工作站。邀我前往，喝喝茶，写写字，相谈甚欢。细雨蒙蒙，已是初夏时节、春老景色了。

夏始觉春老，
推窗细雨濛。
枝头攒绿果，
忆昨赏花容。

2014年5月24日

58 / 长相思·故乡

水也甜，土亦甜，水土甜甜忆少年。
家乡月更圆。
鬓已斑，面有斑，鬓面斑斑恋少年。
乡愁变絮谈。

2014年5月29日

59 / 五十九岁生日有感

生日能生岁,
六十一瞬间。
归零以往事,
乐做老童顽。

2014年6月1日

60 / 世界语言大会

6月5至6日,世界语言大会在苏州召开,百国学者或教育官员出席。我在分组会上,作《第二语言的力量》发言。参与《苏州共识》定稿。中国语言规划的许多理念进入共识,是中国为世界做出的语言贡献。

仲夏花风爽,
百国聚太湖。
苏州铭共识,
唱晚动渔舟。

2014年6月6日,苏州

61 / 人生

去渤海大学，主持新时期语言文字规范化问题研究课题组会议。饭桌上，友人讲他骑马三次受伤、手术多次的故事，令人捧腹。戏如人生，人生如戏！

红茶沏故事，
老酒酿人生。
戏看皆若戏，
何需拟剧情。

2014年6月9日

62 / 金门晨思

6月11至15日，赴台湾参加第8届两岸现代汉语问题学术研讨会。会末去金门，了解铭传大学金门校区的华语文教育，有观光、烹饪两个专业。夜宿金门民宿，静谧安然。晨来，鸟雀汇鸣，呢喃如天歌，唤醒梦人。

好梦天歌醒，闲听鸟雀吟。
雌雄难辨验，短缓恰悦心。
旧日枪林事，今朝导游金。
风来斜细雨，岁月弄梵琴[1]。

2014年6月16日凌晨一点，厦门回北京的飞机上

---

[1] 梵琴：佛家音乐，代指佛教思想。

63 / 晨雨

碎雨敲窗紧,
晨雷远近惊。
原谋高枕睡,
好梦总难成。

2014年6月17日,大兴,国家教育行政学院

64 / 彩虹应心

风雨天气,诸友聚北京华文学院。议语言生活派10年之路,应总结其学术理论,盘点其学术贡献,传播其学术理念。从会议桌谈到饭桌,追昔瞻远,气氛热烈,心气十足。风雨骤停,夕阳夕照,天现彩虹。

夏至忽飘雨,
谈昔唱大风[1]。
夕阳残照里,
谁料见彩虹!

2014年6月21日

---

[1] 汉高祖有《大风歌》:"大风起兮云飞扬,威加海内兮归故乡,安得猛士兮守四方。"汉朝人称为《三侯之章》,后人题为《大风歌》。

65 / 金门菜刀

6月14日,金门观光,曾参观金门菜刀生产线。金门菜刀,据说用当年"炮轰金门"的炮弹皮制成,钢火好。现场表演,20分钟就能打制一把。买把回来家用,也是观光时尚。

奇物金门造,
名声四海扬。
无夸刀艺精,
唯赞弹皮钢。

2014年6月22日

66 / 槐花曲

北京语言大学召开2011协同创新工作座谈会,拟联合相关大学,做边境语言研究。戴庆厦、呼格吉勒图等先生都来参加。去学校路上,秋雨绵绵,家槐花四处散落,不禁有些感慨。

又见槐花放,方知酷暑来。
残英吹满地,细雨立高台。
每作槐花曲,常萦济世怀。
置身风雨境,极目散心霾。

2014年6月27日

67 / 致张振兴先生

张振兴先生微信配图片:"吾手颤经年,几难提笔,堪为苦难。每遇签名之时,需求亲朋代劳,殊为不便。忽一日,署名如往常,更书七言古诗一首试之,亦然。甚喜,如泣!次日即于寓内设练字房,时而习之,横竖撇捺,不敢苟且。此冀固之也,非求书法大成也!今略有进步,特感幸福,以奉达诸亲朋。"读张先生微信,十分激动,成五律以贺之。

张公欢欲泣,净案理书毡。
竖挺横平直,点圆捺扫边。
心安学务重,手颤窘情烦。
旧病一时好,此乃大善缘。

2014年7月5日

振兴先生微信:我重提笔管,宇明学长赠五言古诗同喜,关爱情怀,永为铭感。今步原韵字,敬奉和之。

心悲不敢泣,梦里仍书毡。
颜风柳韵正,醒来湿枕边。
天公情义重,示我毋心烦。
归来横竖好,撇捺终有缘。

2014年7月6日

68 / 兰花

家中多兰，时时照看。今日提壶洒水，忽见叶庇嫩枝，黄花吐香，喜出望外。夫子云，幽谷之兰，不以无人而不芳。君子修道立德，当如是也。

幽兰生涧壑，
雨露自芬芳。
移我南窗下，
平添满室香。

2014年7月7日

69 / 造化补情

飞上海，参加复旦大学举办的首届汉语跨文化传播国际研讨会。飞机晚点3小时，考验耐心。幸有书读，除躁静心。待飞机冲天而起，竟然漫天彩霞，日月同辉。口占五律，以记此时心绪。

日坠东升月，扶风上九重。
霞光红万里，彩气染天穹。
晚点心浮躁，读书静我胸。
得赏此美色，造化补人情。

2014年7月11日，北京飞上海航程中

70 / 贺兰岩画

在宁夏,参加第11届对外汉语国际学术研讨会,我作《汉语国际形象的塑造问题》学术报告。18日下午,到宁夏博物馆看岩画,不尽兴。19日下午,王辉陪同到贺兰山看岩画,试图发现符号、文字起源的线索。

策马贺兰山,
岩廊画卷展。
天机藏万代,
谁解其中缘?

2014年7月19日

71 / 竹笛

独爱幽篁影,
婆娑月动容。
折竹为笛乐,
随意奏清风。

2014年8月1日

72 / 惊风

昨晚,陪妻到奥林匹克森林公园散步,停车公园东门外。行走5公里,大汗淋漓,畅快无比。突然狂风大作,啸叶扬沙,暴雨将至。游人皆走,如风卷席。急推轮椅,夺路奔东门,入得车内,已是风雨敲窗,不久便暴雨洗车了。

叶啸沙尘作,
惊风客愈狂。
飞奔车停处,
喘看雨敲窗。

2014年8月20日凌晨

73 / 茉莉花

家中新购一盆茉莉,幽香满室,花疏如星。比之牡丹,茉莉别具一种潇洒婆娑之韵。

九月秋风曲,
稀疏茉莉星。
花香无似有,
深浅写丹青。

2014年9月3日

74 / 中秋月

中秋之夜,晴空万里,月泻清辉。俗谚:"八月十五云遮月,大年十五雪打灯。"今不见彩云追月,也难望元宵节瑞雪打灯了。

月泻清辉萌万户,
无云总感太庸平。
秋风掠夏应多幻,
寄盼元宵有雪灯。

2014年9月8日,中秋之夜

75 / 秋原

树绿秋山阔,
稼黄遍地金。
听风知鸟动,
悦目本乎心。

2014年9月10日

76 / 时差

为纪念中法建交50周年,凌晨从北京机场出发,赴巴黎出席第二届中法语言政策与规划研讨会。巴黎与北京时差6小时,到巴黎还是早晨,仿佛是白白赚了一天。但又一想,待到他日回国时,白赚的时光仍得还回去。哪有白白掉落的馅饼?!

凌晨出发凌晨到,
岁月平白赚半天。
君劝切莫高兴过,
回程当日又归还。

2014年9月14日,戴高乐机场

77 / 戏学法语

一程侃法语，
戏用汉文记。
你好因"不熟"，
寻找"谁是谁"。
手势似"比如"，
谢谢"麦克西"[1]。
同仁笑痛肚，
法语专家急。

2014年9月16日，巴黎

---

[1] 引号中分别是法语"你好、寻找、手势、谢谢"的汉语译音。

78 / 夜游塞纳河

第二届中法语言政策与规划研讨会成功闭幕,下午又出席刘延东副总理在索邦大学的演讲会。夜游塞纳河,看到的不仅是两岸夜景,还有法兰西浓郁悠久的文化。

塞纳河舟绕,
长桥又短桥。
秋波灯影幻,
夜韵醉良宵。

2014年9月17日晚,塞纳河上

79 / 桂香

北京语言大学新楼前,奇思植丹桂。没成想果能成活,没成想当秋飘香。行人放鼻深吸而醉,风吹四邻而馨。有感于斯,作《桂香》以谢园丁,以贺国庆。

京园奢望江南卉,
几树春移丹桂花。
秋韵岂甘菊垄断,
香风渐入万千家。

2014年10月1日凌晨

80 / 秋夜煮酒

秋雨绵绵夜入燕,
重温老酒煮梅酣。
膏黄蟹嫩新姜佐,
醉色染颊话不眠。

2014年10月1日，国庆之夜

81 / 黄花城感秋

昨日重阳节，登怀柔黄花城水长城。放眼长城山脊，思随山峦起伏：筑长城以御胡，修海防以防倭。被动防御，可有用否？

长城本是山脊柱,
万里延绵戍北骐。
不见兵逐秋牧马,
观光用作步云梯。

2014年10月3日

82 / 花海

重阳宜登高。昨日，携妻与众弟子去京郊之四季花海。祥云万里，堆菊披金。农家山溪，野趣四溢。忽见一片薰衣草圃，夕阳照紫，光影成锦。踏石过溪，百亩串红，如同火烧云飘落人间。观此花海，顿觉"十万大山无颜色"。

祥霓万里花成海，
百色千姿可竞春。
溪畔叠菊波影翠，
一川红圃[1]火烧云。

2014年10月3日

83 / 北外秋池

到北京外国语大学，作《语言竞争试论》学术报告，以纪念许国璋先生百年诞辰。早到数刻，在图书馆外秋池稍坐。芦苇睡莲，映日如画，似有莫奈风范。

北外秋池美，
睡莲映彩阳。
疑若莫奈范，
特惠读书郎。

2014年10月5日

---

[1] 指串红。

84 / 感秋

秋来怜秋，成《感秋》五绝。呈友人，或评或和，学林一段佳话。

断雁追前阵，
石寒水瘦流。
层霜红叶染，
不忍离枝头。

2014年10月13日

85 / 太湖秋

10月24日，上海高校和语文团体，联合举办"李宇明教授上海学术活动周"。我在上海交通大学、同济大学、上海外国语大学、上海财经大学连作四场《中国语言规划的理论与实践》的学术报告。26日，友人驾车到苏州，太湖观苇，荡口怀旧。结友论道，忙中偷闲，亦是一番情致。

老镇残阳恋，
扁舟随意泊。
秋风吹蟹美，
芦苇荡渔歌。

2014年10月26日

86 / 荡口

与友人去荡口,有钱穆故居。品茶,碧螺春绿;小吃,豆花嫩白。闲依木栏,揣度古往今来。做一次江南水乡悠闲人。

石桥新画舫,
岸柳故人家。
话旧残阳里,
倚栏品豆花。

2014年10月26日

87 / 同济大学专家楼

竹掩墙生翠,
霞喷池染红。
啧赏庭院柚,
客道是柠檬[1]。

2014年10月29日

---

[1] 见此果,不识。问专家楼工作人员,说是柠檬。吾友陈建波,农业专家,说此果不是柠檬,而是"柠檬柚",或是香橼。

88 / 太古

友人有宝玉,若天地初开。向我索题词,得四句。友人竟然用PS手段将诗与宝玉同现一画,浑然一体。

太古何浑沌,
无生万物繁。
亿年天地事,
似在寸方间。

2014年11月1日

89 / 广陵秋雨

赴扬州,参加第五届语言经济学年会。扬州,古称广陵,曾经是即山铸币、煮海为盐、歌吹沸天之地。住扬州大学虹桥专家楼,前有半塘残荷,左有瘦西湖景。秋雨绵绵,别是一种扬州风光。

残荷知夏尽,
榭柳叹秋风。
五彩扬州梦,
绵绵细雨中。

2014年11月1日,扬州大学

90 / 秋声

卧榻听秋雨,
推窗见梧桐。
时闻晨鸟啼,
亦似凤凰声。

2014年11月2日,扬州大学

91 / 过瓜洲

昨日,自扬州过润扬大桥,去南京禄口机场。江阔桥长,记起王安石《泊船瓜洲》:"京口瓜洲一水间,钟山只隔数重山。春风又绿江南岸,明月何时照我还?"问京口、瓜洲处,司机说桥边即是。此地未曾经过,茫茫中却似曾相识。如此看来,读万卷书,亦是行万里路也。

江桥长且阔,
客指是瓜洲。
少读王公句,
新景似故游。

2014年11月3日

92 / 秋叶吟

芽绽迎春早,
叶摇夏日风。
秋黄冬入地,
化育再年红。

2014年11月3日

93 / 秋思

残荷半亩忆春夏,
枯叶数枝话仲秋。
慢道寒冬萧瑟气,
品味日月四时流。

2014年11月4日

94 / 秋画

南国烟雨茫茫，北地秋红天蓝。风格迥异，但皆国画也。自然之美，远胜画匠之笔墨。大自然用自然变换作画，用不着笔墨纸砚，留给人间画匠，好去师法自然。

雨润江原树，
红妆塞外山。
神公天作画，
笔墨留凡间。

2014年11月5日

95 / 夜西湖

到杭州，为语言文字工作委员会一个培训班作报告。在杭弟子接风张生记。晚饭后，西湖赏夜景。夜幕如帐，湖边车灯如烛。游人寥寥，西湖静谧，若美女于烛帐中，柳丝便是她那飘逸的秀发。

水幻城光影，
残荷话断桥。
西湖烛帐里，
夜媚柳丝飘。

2014年11月19日

96 / 下沙大学城

钱塘江畔,下沙校区,有十几所大学,数数万学生。此地乃当年一劳改农场。语云,建一所学校,少两座监狱。今在此建这么多高校,该少几多监狱?

钱塘潮海讯,
风雨读书声。
旧日劳监地,
今朝教化城。

2014年11月20日

97 / 黄叶

北京语言大学第10届科研报告会。会后出门来,见叶落满地。踏叶而归,顿生怜叶之心。

木就冬霜脆,
风寒遍地吹。
惜花怜黛玉,
葬叶有阿谁?

2014年11月21日

98 / 枯叶凌风

午后街头,狂风大作,枯叶飘零,旋卷半空,似蝶舞蜂聚。行路趔趄,观景有感。

枯叶凌风舞,
枝头蝶似旋。
可惜花季过,
无处伴蜂眠。

2014年12月1日

99 / 晚霞

出访澳大利亚和印度尼西亚,经广州回北京。飞机凌空而起,透过舷窗,晚霞绚丽,不让朝霞。陶醉之中,蒙眬假眠。再睁眼睛,竟然遍地灯火,满天星斗。

凌空见晚红,
绚丽醉苍穹。
不及观兴尽,
骤变满天星。

2014年12月16日,广州至北京飞机上

100 / 题友人玉璧

友人得黄龙玉。玉中图案,似九寨沟风光。命我题诗,听命。

五彩黄龙璧,
天生九寨风。
心闲存善念,
万物竞留情。

2014年12月21日

101 / 冷梅

月夜雪辉冷,
访梅最佳时。
今冬雪望渺,
憾有艳香枝。

2014年12月26日

102 / 虚岁六十元旦感言

乙未承元旦,
倏忽甲子年。
天长岁月促,
耳顺任风言。

2014年12月26日

103 / 赊岁

暑往寒来去,
时光大转盘。
赊天八百岁,
信笔著华篇。

2014年12月27日,友谊宾馆

乙未小吟

/ 2015 /

将送乙未，将迎丙申。虽是六十之身，但仍如征人一般，不歇鞍，越千壑，拔营寨。马背上，哼几首小曲，以消疲劳，以得其乐，谓之《乙未小吟》。记于2016年元旦。

104 / 答聂丹

聂丹教授腰疾复发，有《病中杂诗》："星疏月上迟，灯下几更时？阵阵寒腰痛，声声漱玉词。"我也腰疾复发在床，同病相怜，和之。

称床为病榻，
因是旧疾发。
枕上寻书读，
平时叹无暇！

2015年1月10日

105 / 卜春

乘高铁去南京大学，参加中文学术图书引文索引研讨会。愈往南，春之气息愈浓。春来，不需卜测了。

两岸垂杨柳，
绦丝细剪裁。
寒天春卜近，
为见燕飞来。

2015年1月23日，自北京去南京路上

106 / 南京早梅

细雨淡雾笼金陵,树在冬眠,呆立路旁。朦胧中见桥边树,竟有几只蝴蝶趴附。近前细看,原是几朵残梅。

雨雾寒冬润,
桥头几树乏。
惊蝶枝上恋,
细看是梅花。

2015年1月25日,自南京回北京

107 / 天籁

为赴韩国志愿者作《面向国际传播的汉语形象问题》学术讲座。中午,在校食堂五楼,宴请韩国启明大学赵寿星教授,她是汉学通。突闻哨般声响,细辨方知是寒天生风潮,狂风造奇音。

树枯摇寒气,
楼高危枝鸣。
人惊天籁啸,
为甚造奇声?

2015年1月29日

词章不是无情物

108 / 盼雪

入冬以来，北京只飘过几片雪花，而天气预报频传周边下雪的预言。城里人盼雪为赏雪，农家人盼雪为丰年。既如此，就把京城之雪播于村野吧。

入九殷殷盼，
冬花¹最赏心。
京雪吹散去，
撒与种田人。

2015年1月30日

109 / 乙未立春

朔风依旧紧，
落木悯寒根。
暖室兰花放，
忽知到立春。

2015年2月4日，立春之日

---

¹ 冬花：雪花。

110 / 爱劳动

女儿发来外孙女在阳台扫雪的照片。想起忙碌的女儿女婿,再想想腰疾复发的我,感叹呀!

从小爱劳动,
长大懒得动。
为人父与母,
懒动也得动。
若是腰腿伤,
想动也难动。

2015年2月7日

111 / 杨柳风

希亮教授在朋友圈发一张雪柳图,题"吹面不寒杨柳风",并征联。我写"拨弦有韵汉唐调"。希亮兄又有"清茶老酒润新声"句。将其整合,成诗一首。

拨弦有韵汉唐调,
吹面不寒杨柳风。
泼墨如同观剑舞,
清茶老酒润新声。

2015年2月16日

112 / 天伦

女儿、女婿和小外孙点点回国省亲，去机场接他们。出海关，点点一手拉着爸爸，一手拉个小箱子，很是自立。但见了我们，害羞起来，让妈妈抱，躲到妈妈脖子下面，还用手遮脸。最后又把外套帽子使劲拉下来，"鸵鸟政策"用到极致。

莫言岁月催人老，
儿女归来别样心。
无我倾身学雀跃，
时为游戏弄玩孙。

2015年2月17日

113 / 除夕夜读

夜读古人除夜诗词，多为增岁之感叹。特别是白居易之《除夜》："眼病少眠非守岁，老心多感又临春。火销灯尽天明后，便是平头六十人。"除夜之后，我亦是六十之人，更能理解乐天先生当时之心。

除夜两年分，
览知墨客心。
怜惜元日老，
吝眠六十人。

2015年2月18日，除夕之夜

114 / 换岁

甲午征千鏊,
骑人昼夜忙。
时光越乙未,
善美待三羊[1]。

2015年2月18日,除夕之夜

115 / 亲聚

大年初一,全家人聚安阳。父母兄弟、子辈孙辈,四世同堂,天伦大乐!工作、学术全部置之身外,只有亲情和慵懒。人原来还可以这样生活!

乡愁车载行,
父母聚亲情。
抛却俗务事,
慵懒梦周公。

2015年2月20日,年初二

---

[1] "善、美、祥",皆从"羊"。"三阳开泰"又写作"三羊开泰"。甲午年多患难,乙未年应吉祥。

116 / 青梅

天暖惜春老，
呼朋葡萄沟。
新梅青叶掩，
煮酒话曹刘[1]。

2015年2月22日

117 / 温泉

北京有顺景温泉。老少三代，一天的亲水活动。洗却尘垢，身心通泰。晚上去长安大剧院之渝信川菜馆，享受吾妻团购成果，体味麻辣诱惑。

正月风仍冷，
温泉柳竞春。
百汤身洗倦，
亲水净身心。

2015年3月7日

---

[1]《三国演义》有"青梅煮酒论英雄"的故事。

118 / 大漠情怀

陈建波先生乃农学专家,爱摄影,喜美玉。近将其新得美玉示我,并索诗句。此玉也,背景色黄如浩瀚沙海,沙丘沟壑旁,数丛小树,拥身而立,似在顶风而歌。

瀚海沙千里,
尘来掩万阿[1]。
丛丛柔韧树,
仰唱大风歌。

2015年3月11日

119 / 初春

水鸟惊冰裂,
春风染柳池。
夕阳红宇幕,
乍暖又寒时。

2015年3月15日,中央党校24号楼

---

[1] 阿,音ē,意为山陵。

120 / 早春之夜

彻夜风如哨,
门窗躁不停。
披衣灯再亮,
展卷客心宁。

2015年3月17日,中央党校24号楼

121 / 题友人美玉图

友人见玉,如山林之象。似玉早在地下之时,山林已将身形印染其上,岂是匠人之力也?以此为诗,发给友人。友人感动,便将玉购入囊中。玉之美也?抑或诗之力也?

久蕴深山里,
丘林入画中。
人夸工匠巧,
玉像早成形。

2015年3月18日

122 / 夜读

夜读枕诗眠，
诗情梦里圆。
晨来忆昨事，
字句半茫然。

2015年3月26日

123 / 春晨出访

率团访问日本和泰国。参加关西外国语大学、北陆大学两所孔子学院理事会，为北京语言大学的东京学院揭牌。访问北京语言大学曼谷学院和易三仓大学。晨起赴机场，春风扑面，春晨可吟。

日升鸣春鸟，
霞飞晓月西。
晨拳风摆柳，
露自玉兰滴。

2015年3月28日

124 / 大阪机场

云沿山脉聚,
舟泊港湾深。
挤海填机场,
东渡话鉴真。

2015年3月28日

125 / 风吕

由关西外国语大学出发,乘新干线去北陆大学。夜宿石川县加贺温泉。特殊的装饰风格,让人回想起明治时代。

夜月泡池汤,
风来乱影光。
肌滑身倦懒,
醉眼觅心妆。

2015年3月29日晚

126 / 雪河

晨起，至温泉之河。源自远山，不知是否是白山。白山乃日本古时名山，与富士山、立山齐名。水流湍急，浪花如雪。涛声有韵，仿佛在述说古加贺国的悠悠往事，也许还有北陆大学新遣唐使的故事。

水自白山下，
流急涌浪雪。
涛声述远事，
彩鸟唱花阙。

2015年3月29日晨

127 / 千鸟渊赏樱花

从北陆大学到东京，宿椿山庄酒店。细雨中去千鸟渊看樱花。一朵樱花，十分平常；一树樱花，也算平常；但长达400米大道上，800余株樱花怒放，可不平常！随风而摇曳，随风而飘舞，落英铺地，清香盈鼻。其樱景的确可与上野公园媲美。

樱花两岸云裳梦，
小舟轻摇水映天。
最是东京三月好，
红英细雨撒一川。

2015年4月1日，东京椿山庄酒店

128 / 莫负春光

农谚：天要暖，椿头菜大似碗。春暖柳柔，春光明媚。置身春中知春好。但春日易过，春光易老，踏春须趁早。

椿头椿菜短，
柳树柳丝长。
易老芳春日，
莫负好景光。

2015年4月9日

129 / 仲春感怀

不意春即老，
枝头几许红。
新莺啄早果，
暖意入东风。

2015年4月13日

130 / 樱花雨

惜春更怕花开早,
无奈山风吹雨来。
忍看飘英阶下落,
芳容带泪扑君怀。

2015年4月13日

131 / 沙尘暴

昨日傍晚,京城被沙尘染黄。据说此乃2002年以来北京遭遇的最强沙尘天气。但一夜北风吹,竟又阳光灿烂,碧空如洗!

瞠目沙尘暴,
蜃楼海市般。
朔风一夜紧,
晨日照天蓝。

2015年4月16日

132 / 游黄岛

到中国海洋大学，参加第六届教育语言学会议。上午作《终生关照下的语言能力问题》报告，下午与高明乐教授等游黄岛，还看军港。黄岛在威海湾北口，与刘公岛对峙。甲午战争期间，黄岛炮台对封锁威海港曾起了很大作用。

轻舟飞细浪，
碎玉撒一川。
碧海蓝天处，
白鸥绕舰船。

2015年4月25日晚

133 / 洋兰

我家的荷兰朱顶红，昵称"洋兰"。一年一放，花不爽时。有诗颂之。

四季风光聚，
一夕鼎盛开。
洋兰红胜火，
艳艳报春来。

2015年4月26日

134 / 咏槐

去北京华文学院,参加《中国语言生活状况报告(2015)》审稿。一路两行,洋槐盛开,白如梨园樱苑。轻风浮动,香气扑鼻。

洋槐花树树,
饿岁是干粮。
可比梨樱范,
暮春十里香。

2015年4月29晚,北京华文学院公寓楼

135 / 春池

北京奥林匹克森林公园,有仰山、天境、奥海、朝花·夕拾等景点。本为2008年北京奥运会而建,今为市民活动好去处。今日青年节,晚上携家人游,神清气爽,仿佛吸纳了许多青春气息。

一池春水皱,
两岸芦风轻。
月影随舟荡,
枕石辨夜声。

2015年5月4日

136 / 观溪

暮春初夏，季节转换。溪畔青石上，远近树影中。听蝉鸣，观水纹，静身心，另有一番情趣。

暑气瘴远树，
新蝉巧弄音。
溪石观水趣，
随缘自成纹。

2015年5月26日

137 / 月夜闲步

月亮庭院阔，
风柔沁草香。
巡花幽径里，
水灌溅衣裳。

2015年5月30日夜

138 / 六十感怀

耳顺察人世，
天壤不似前。
贤哲昭远路，
沐浴换衣冠。

2015年5月31日

139 / 雨中

树静云颜肃，
雨零土味香。
心神何处寄，
杖伞望天窗。

2015年6月4日

140 / 夕阳细雨

雨打芭蕉翠,
池荷点点珠。
霞光夕照里,
信步看风竹。

2015年6月6日

141 / 北京蓝

近日,北京皆蓝天。手机屏幕,亦皆蓝天。这种蓝,没人命名"北京蓝",而说"高原蓝""西藏蓝"。

雨过云生彩,
太空水洗蓝。
屏中皆艳照,
忘议雾霾天。

2015年6月18日

142 / 夜月

明月夜的照片，网上遍传。近段，北京空气质量出奇地好。我夜不能寐，也盗些图来，并附上诗句：

夜月寻常有，
儿时造梦园。
今来多霾日，
玉兔伴床眠[1]。

2015年7月2日夜

143 / 雨后出京

雨后初晴。到昌平军都山畔之中国石化会议中心，参加《全球华语大词典》审稿。斜阳清新，鸟翔彩云之端；国槐、椿树、黄楝，雨后花开，皆灿黄如金。心境一下子好起来。

任重闲心在，
黄花满树端。
斜阳出雨后，
鸟唱彩云边。

2015年7月17日，中国石化会议中心

---

[1] 此句意为，只有梦中才能见月。

144 / 海棠果

《全球华语大词典》审稿间歇,小友摘些海棠果来,若高原姑娘面带"高原红"。但咬上一口,对牙即酸。人的耐酸力不同,有人酸得挤眼咬牙,有人若无其事。我试图咬出"苹果"logo的形状,一连咬了三个。友人拍下"苹果"照片及酸脸之貌,发微信说:有人只是咬到酸,有人却能咬出诗!

春日群芳妒,
海棠七月鲜。
品新风雨后,
一口咬牙酸。

2015年7月18日

145 / 雨中信步

日暮饭毕,推妻院中散步。出得大门,只见夕阳西下,风起云长。民谚:日落乌云长,半夜听雷响。其实,已有星星点点雨,伸手可感星星点点凉,似乎还能听到远树下滴滴答答的雨声。然而,我们还是信步而出:雨大树作伞!

日下乌云上,
星星点点凉。
依然幽径里,
雨大树遮裳。

2015年7月20日

146 / 彩虹

夕阳西下，晚霞灿烂。天现彩虹，在楼涧架桥。京人心情如天象，彩照刷屏喜连连。我今晚即将出访埃及和阿联酋，亦是心情如霞，兴致若虹。

日暮霞如火，
楼涧架彩虹。
天宫何所庆？
纵笔绘长空。

2015年8月3日晚

147 / 家

两位妹妹回老家省亲，发来老家照片。漏风之墙，烧柴之灶，儿时坐过的旧椅仍在使用，无意间种植的家槐已成大材。睹旧照而乡愁浓，思父母而恨尽孝少。

土灶妈妈饭，
风墙[1]老父泥[2]。
眠禽栖我树[3]，
絮[4]旧泪沾衣。

  2015年8月3日晚，初稿于首都机场候机室，修改于4日凌晨飞埃及途中

---

[1] 风墙：漏风之土坯墙。
[2] 泥：动词，可以解为"砌墙""建造"之意。
[3] 我树：当年我所手植之树。
[4] 絮：自我絮叨，与同胞在微信群中絮叨。

148 / 沙姆沙伊赫观海

访问埃及,出席尼罗电视台孔子课堂揭牌仪式,与苏伊士运河大学签署合作办学协议。在沙姆沙伊赫,感受红海的热浪与阳光。近水如碧玉,不远处便是海沟,深不见底,墨蓝墨蓝,海藻反射阳光之故。入海便是陡立的珊瑚礁,五颜六色如龙宫屏风。五彩鱼儿在珊瑚丛中悠闲游览。阳光映射在珊瑚礁上,如同舞台上五光十色之霓光灯。

五彩珊瑚碧,
鱼群戏锦屏。
阳光映海底,
俯水任波倾。

2015年8月6日

149 / 红海听涛

出海风吹冷,
白沙脚烫疼。
稍息阳伞下,
入梦赏涛声。

2015年8月6日

150 / 红海日暮

夕阳西下,远山染上浅红,蓝海也开始褪色,逐渐泛红,与近海一色。红海果有红元素,更有晚霞印染。坐沙床上,聊闲天,至余人无几才回。

海蓝悄消退,
红晕幻水颜。
新奇惊客旅,
日暮有霞仙。

2015年8月7日

151 / 红海日出

清晨,跑到海边看日出。风平浪静,阳光撒金。岸边,没有一只被水冲来的贝壳。整个度假村都未醒来。此行忘忧,此海滩可称"忘忧滩"。

海上升朝日,
粼光闪闪金。
浪轻鱼醒早,
理水待游人。

2015年8月7日

152 / 阅兵蓝

近日北京天气格外好。今日学校活儿已做完，无事可做，观鱼为乐。

池畔观鱼乐，
闲云水底游。
天蓝风送爽，
暑尾仲秋头。

2015年9月2日

153 / 教师节

第31个教师节，我从教40周年，人也60岁。为作纪念，弟子们举办第六届聚贤聊斋语学论坛，主题为"多元文化时代的语言学问题"。一天下来，激情满怀。晚宴更多煽情话儿，室外秋雨淅淅沥沥，如我老泪纵横。祝弟子们，能用语言写春秋！

秋雨说秋到，
纵横老泪流。
君言何所事？
语学写春秋！

2015年9月5日晚，北京华文学院

154 / 观北京语言大学新生军训

去长城北侧之军训基地,看北京语言大学新生军训汇报表演。队伍整齐,行进威武,声震四野。盛事兴学,学人知武,文武兼备,永不做"东亚病夫"。

枪挑长城月,
身旋塞外风。
人强国不弱,
盛世问学兴。

2015年9月6日

155 / 秋

阴晴随意变,
冷暖瞬时更。
雨乱中秋月,
乡愁重几成?

2015年9月10日

156 / 梦

手扰三秋梦，
舌惊五脏魂。
人生需有梦，
一梦胜千金。

2015年9月16日

157 / 赏秋

去鲁东大学，参加第九届海峡两岸现代汉语问题学术研讨会。会上，还有《我们一起走过的十年》（周荐、董琨二位主编）赠书仪式，"十年磨一剑"。往事如春花，秋来结硕果。

雨洗蓝天净，
风吹丹桂香。
赏菊高远处，
翠鸟恋秋阳。

2015年10月10日，烟台

158 / 黄河鸟瞰

去银川，参加首届语言政策与语言文化圆桌会议。飞机上，鸟瞰黄河出内蒙，奔腾南下，如天笔书狂草，映日华而闪烁，感叹其书法般的美与势。

造化如天橡，
黄河纵意流。
云端观数笔，
草圣慕白头。

2015年10月11日，宁夏大学

159 / 天凉好个秋

宦海浮身久，
天凉叹好秋。
莫惊黑发少，
有便胜却无。

2015年10月19日

160 / 枯叶

叶枯枝头颤，
风来一地金。
秋寒复又雨，
碾踏好肥根。

2015年10月21日

161 / 秋晚

申报北京市"高精尖创新中心"，有新进展。下午，为新入职员工作报告，曰《苟日新，日日新，又日新》。下班路上，黄叶夕照，彩霞满天，感受到晚秋之韵。

月恋东山树，
霞飞落日西。
风霜黄叶染，
秋好正此时。

2015年10月30日

162 / 秋帆

风低千树舞,
雨过万峰出。
水涨舟轻快,
一帆一画图。

2015年10月31日

163 / 秋椒

帘外阳台上,
春盆种果蔬。
秋椒红串串,
泥土育乡愁!

2015年11月1日

164 / 初雪

清晨上路,漫天雪舞。北京初雪,来得早,下得大。再有两天便是立冬。时令如时钟,节气不弄人。

立冬节气到,
碎碎坠琼粒。
万物如雕塑,
倾情赏雪飞。

2015年11月6日

165 / 宝石树

建波友酷爱宝石,近又收藏一枚黄龙玉,命我配诗。他说:"把您配诗的玉和图,给黄龙玉协会的会长看过,他大加赞赏,说:诗绝、玉绝、图绝!"好话动听,好事得做,欣然命笔。

亭亭崖边树,
婆娑五彩生。
红霞何美艳?
况在宝石中。

2015年11月19日

166 / 南歌子·初冬

北京第二场雪。山河静穆,似在梦中。断行惊雁声声鸣。盼雪晴,待梅开,趁月朗,踏雪访梅,古来雅趣。寄情于《南歌子》。

落叶知秋尽,浓云报雨情。行人陌上望乡汀。飒飒朔风,彻夜地成冰。
化雨飞雪絮,裹梦山河萦。蓝天日丽试新晴。雪夜访梅,殷切待月明。

2015年11月24日

167 / 仙林晨望

去南京大学,参加第三届国家语言战略高峰论坛,入住仙林校区附近的冠军酒店。早餐时远望,户外方塘,水浅漪清。风吹塘边残黄的芦苇,几处瓦舍时隐时现。高压线塔耸立,远山起伏,披雾色而带有几分朦胧之美。新加坡南洋理工大学房永青教授一同早餐,感叹此景有高加索风情。山峦怀中,时不时有高铁逶迤驰过。苍凉之景有了动静,又是一番感受,心绪为之一换。

方塘水浅波漪冷,
芦苇朝霞瓦舍风。
眺见山峦披雾色,
火车远驰换心情。

2015年12月10日

168 / 冬晓

冬日人行早,新阳跃升,残月西隐。《语言战略研究》第一期样稿需审。下午,要为北京语言学会作科普讲座《语言规范试说》。明日,参加《光明日报》与北京语言大学联合主持的《文学遗产》专栏座谈会。活多得"备课",心情不错,身体尚可。

淡柳迎新日,
山峦雾色奇。
鸡鸣残月隐,
霜重路迹稀。

2015年12月26日

丙申咏叹调

/ 2016 /

　　语言是对生活的编码，诗是在语言基础上的二次编码，再赋之以诗性。做诗，要有些闲情逸致。俗事太多，人不仅会变俗，也挤占了二次编码的思维空间，枯竭了诗性之源。丙申年或因事所累，仅有10余首小诗，名之《丙申咏叹调》吧，也说不清楚要咏叹什么。记于2017年元旦。

169 / 园丁泣

一夜寒风冽，
凋谢满囿花。
心悲长喟叹，
泣毕再谋芽。

2016年1月6日，上班路上

170 / 梧桐吟

寒风凌冽，黄叶飞舞。昔日繁茂之梧桐，今则枝秃叶枯，一树只余悬铃，随风颤抖。且记得，春萌之时，悬铃会迎风飘绒，或致路人呼吸困难，脖颈生痒。此一瑕疵，而获詈骂，甚或有阉割绝育之法，甚或加以斧锯，除根换种。不能容一瑕疵，夏日，何处再寻树伞？

炎夏公民伞，
遮阳尽梧桐。
秋冬寒叶枯，
满树挂悬铃。
绒种迎春散，
路人詈怨行。
阉身加斧锯，
盛暑悔无影。

2016年1月11日

171 / 藏春

昨天腊八，今日四九。今年四九是最寒日，但见柳丝已有初黄色，玉兰已吐小蕾。于是想起雪莱的诗句：冬天来了，春天还会远吗？

四九腊粥日，
雪飘冻柳池。
玉兰萌小蕾，
春匿最寒时。

2016年1月19日

172 / 赊酒

小雀飞寻身暖处，
老鸦抢占向阳枝。
陶令酿得如意酒，
赊来半壶煮梅丝。

2016年1月20日

173 / 望孙

昨夜,女儿临产,只身在美国医院。父母在本土,束手无策,只能互通短信,急得老泪纵横。今晨,二外孙女顺利来世,心中稍安。忆起昨晚急于得到信息之心情,为其取乳名"涵涵",意在"函"也。

盼女只言信,
心急夜泪咸。
亲情三代系,
大喜为涵涵。

2016年2月27日

174 / 伊斯梅利亚

与罗林教授一起,访问苏伊士运河大学孔子学院。路上,看到尼罗河引水工程,一渠水就是一片绿洲。据说尼罗河水已经越过苏伊士运河,由非洲引入亚洲的西奈半岛,西奈也将成为五谷丰登的乐园。

引上一渠水,
荒漠变绿洲。
尼罗流日夜,
坐等五粮收。

2016年3月27日,苏伊士运河大学

175 / 雨中行

雨暴枉撑伞，
风狂树损身。
花飞香坠地，
踏践更惊心。

2016年7月20日，雨中

176 / 送别

女儿一家回国。三周时间，极尽天伦之乐。机场送别，仍是依依不舍，以致热泪盈眶。"无为在歧路，儿女共沾巾"，非"无为"也，情也！

万里双儿母倍忧，
含饴弄孙恰三周。
几滴泪溢分别地，
一抹夕阳眺冷秋。

2016年9月4日

177 / 白露

白露，是外孙女点点的生日，我们还曾经想用"白露"作她的乳名。她在家这几个星期，更是亲昵。眼前耳畔，全是她的音影。忽至白露，更是想念。

启户霞拂面，
秋风净廊廊。
轻哼生日曲，
白露好时光。

2016年9月7日，白露

178 / 彼得堡之思

应邀参加在圣彼得堡举办的文化论坛，并以中国高校8所大学牵头人的身份，与俄罗斯15所学校签订中俄语言文化高校联盟的框架协议。彼得堡飞雪漫天，但并不特别冷。冬宫，既是沙俄的象征，也是十月革命"一声炮响"的地方。沙俄？苏联？俄罗斯？令人在彼得堡的飞雪中不停思量！

飞雪正配彼得堡，
涅瓦街寒路亮灯。
冷月风疾天黑早，
桥头对面是冬宫。

2016年12月2日，圣彼得堡

丁酉真声

/ 2017 /

雄鸡报晓，唤醒万物。声音高亢，不矫揉造作，故有唤阳醒物之魅力。丁酉是农历鸡年，应为人以诚，做事以实，说话以真。将今年诗集名为《丁酉真声》。记于2018年元旦。

179 / 丁酉除夕

除夕爆竹岁新增，
霾雾岂能见北风。
赞酉美辞难觅得，
雄鸡报晓倡真声。

2017年1月27日，除夕

180 / 丁酉感怀

天花散坠迎丁酉，
雪舞寒梅送丙申。
外放已知堂庙远，
弹冠更懂故人心。
时局百变千君卜，
乱世兵戈盛世文。
老友山南遥贺岁，
一壶土酒弄诗琴。

2017年1月28日，年初一

181 / 长相思·元宵圆

又是一年元宵节！古来风尚，吃元宵，赏圆月，闹花灯，猜灯谜。全在一个"圆"字，一个"趣"字。祝友人：人好家圆，心好事圆！生活有情趣，工作有志趣，心中有乐趣！

汤儿圆，月儿圆，
老少同堂天地安。
观灯无紧闲。

房儿宽，心儿宽，
堵物一掷万事全。
新谜猜不完。

2017年2月11日，元宵节

182 / 柳笛

春来，柳新，又到了折柳制笛的季节。儿时，戴柳冠，吹柳笛，牧牛羊。吹着吹着，就万花盛开了。

树色春风染，
折青制柳笛。
红唇吹纤指，
一曲万花飞。

2017年2月16日

183 / 晨光

半抹炊烟淡,
一声鸡嗓长。
晨光涤彩练,
理梦入香囊。

2017年2月20日

184 / 踏春

踏春不在溪园畔,
杨柳丝丝送马蹄。
万里边关风景好,
长城旧戍有羌笛。

2017年2月21日

185 / 春雪

寒流不再讨人厌,
灭菌驱霾盼到今。
早上红霞忽又冷,
飞雪转眼满乾坤。

2017年2月21日

186 / 题朱顶红

我家之朱顶红,年年开放,花艳,花期长,娇爱无比。

红花羞作无情物,
四季倾心一夜开。
魅影微醺思过往,
春风附耳话将来。

2017年2月24日夜

187 / 竹

竹根盘于地下三四年，延数百米，而笋芽仅长三厘米。新笋破土，日长30厘米，六周即高达15米。感此而有诗。

盘根山涧下，
卧地两三年。
破土新春笋，
凌空数日间。

2017年3月3日

188 / 樱花

月坛桥外，几树樱花开放，粉粉花色醉眼，想必是蜂蝶嬉戏梦倦之处。

暖暖春风里，
摇摇满树花。
蜂蝶香蕊梦，
粉粉入谁家？

2017年3月10日

189 / 倒春寒

二月花红日，
桃梨竞艳时。
岂知天陡冷，
色枯颤寒枝。

2017年3月27日

190 / 山樱

春色撩人日，
身心不驻家。
山额一抹粉，
谁道是樱花？

2017年3月30日

191 / 芳心倦

染恙芳心倦,
身疲懒踏春。
人若无兴致,
草木少精神。

2017年4月2日,清明假期

192 / 清明春色

夕阳西照里,
拂面暖风吹。
舒懒观春色,
玉兰片片飞。

2017年4月3日

193 / 再游海棠花溪

春怕三天暖,
丁香又海棠。
柳丝染翠色,
艳女斗新妆。

2017年4月4日,北京元大都遗址赏海棠

194 / 缅甸新年

中国泼水节期间,为缅甸新年。多位专家来校,进行语言标准化基地验收,评价颇好。缅甸留学生傅玉金,用银钵绿枝为人净手;自做甜食,众学友助其分呈诸君,几位忌糖者仍要求重食。食间,玉金跳起缅甸舞,其他留学生也各有展示,万国情调,同话吉祥。

缅乐婆娑舞,
银钵水留香。
甜食吃复取,
合十话吉祥。

2017年4月12日

195 / 樱园品茗

几位书法爱好者,在校内樱花园中,组织品茗书法活动。茶香,墨香,琴韵,花舞,忘时忘忧。我写"茶艺人魂""禅茶一味",以助其兴。

茶馨四座杯杯换,
曲惊樱花片片飞。
翰墨生辉添异彩,
风轻日丽忘时晷。

2017年4月13日

196 / 游青城山

仲春时节,与友人游青城山。青城山半腰有湖,小憩湖边茶座,品茗望山,脑子清零,已有半个道家的感觉。

青城湖畔品春茶,
山翠风湿亦润花。
水上游船来去去,
心清就是半道家。

2017年4月15日,成都龙之梦宾馆

197 / 格拉茨晚宴

与杨尔弘、卢德平两位，访问奥地利格拉茨大学。格拉茨大学建于1585年，曾有9名诺贝尔奖获得者。我们上午到学校。下午，与校长会面，参观校博物馆，与神学、哲学、伦理学院教授交流。黄昏，夕阳西下，Thomas Foscht院长及夫人马泓颖老师，带我们观市容，吃晚饭。宴设格拉茨最高处，据说，这是施瓦辛格最喜欢的地方，他是格拉茨人。

拾级山最处，
友宴设巅峰。
美酒皆尝遍，
夕阳几抹红。

2017年6月29日

198 / 碗莲

吾妻清雅，网购碗莲种子，精心栽培。不日而伸茎展叶。撩水于荷叶之上，银珠滚滚，颇有观相。

细碾南塘土，
花盆种碗莲。
蜻蜓荷上立，
恋翠作床眠。

2017年7月29日

199 / 暑日

近日,北京及多地高温不下,蝉儿日夜鸣叫。忽有凉风至,仿佛入秋般。

暑日心身燥,
蝉鸣耳倍烦。
凉风忽有至,
误会入秋天。

2017年7月29日

200 / 逆光

我家东边楼,玻璃幕墙。每逢夕照,阳光反射,自东而入,满室光辉,疑似朝晖。光污染,混淆晨昏。

落日照东墙,
玻璃幕反光。
西邻晖满室,
疑作是朝阳。

2017年8月7日

201 / 谒司马迁祠墓

踏千年石板路,登高参拜司马迁祠墓。大晴天,忽然阴云密布,远天云泄余光,惊心动魄。司马迁衣冠冢为忽必烈所修,胡人亦敬汉人文豪。立于太史公墓旁,观云天之变,眺茫茫黄河,浮想联翩。急促下山返城,暴雨如注。

崎路高千仞,
巍巍太史公。
骤然风雨起,
动魄望苍穹。

2017年8月8日,韩城文渊阁大酒店

202 / 病中杂吟之一

2017年8月21日,参加商务印书馆百廿年庆典。宿北京饭店,准备参加第二天侨办专家咨询委员会会议。是夜,腰肌痉挛,疼痛难耐,行动受限。次日凭救护车去北医三院处理,遵医嘱在家卧床静养三日,无好转。26日住望京医院求治,始得控制。30日做小针刀,有明显好转。9月1日,在大夫指导下坐、站、行,又从植物变动物。11日出院,前后计21天。其间面壁而思,有诗若干,名为《病中杂吟》。

危危高楼上,
秋风夜半吼。
孑心观四壁,
抱病卜天愁!

2017年8月27日

203 / 病中杂吟之二

床小心胸阔,
夜长入睡难。
平时忙未了,
一病掷清闲。

2017年8月28日

204 / 病中杂吟之三

卧榻三尺阔,
人生百事繁。
平时天下走,
病至一床摊。

2017年8月28日

205 / 病中杂吟之四

友待穷时辨，
谊逢患难生。
病中才数日，
赚取几多情？！

2017年8月30日

206 / 病中杂吟之五

方便不方便，
隐私暴露全。
病人千糗事，
最是少尊严！

2017年8月31日

207 / 病中杂吟之六

几支玫瑰床头侍,
一曲洞箫伴我眠。
体验师生情再再,
学缘最似是血缘。

2017年9月10日,教师节

208 / 病中杂吟之七

病室囚身千等味,
卧观世界景一新。
人生驿站暂歇脚,
且借秋风扫我心。

2017年9月11日,出院

209 / 秋园漫步

出院,可以在小区扶杖缓行,心情大好。闲步花园,过过慢生活。

秋阳暖暖云疏懒,
花草还能引彩蛾。
幽径西园闲踱步,
方知我亦有生活。

2017年9月13日

210 / 公孙树

陌上遍银杏,
金黄满地秋。
风吹白果见,
采与子孙留。

2017年9月19日

211 / 长亭柳

郁郁长亭柳,
无人折客送。
风俗千岁易,
世上满别情。

2017年9月20日

212 / 秋花

夏暑风吹去,
秋分夜复长。
寒花蝶不弃,
同梦忆春光。

2017年9月26日

213 / 中秋

长空染彩霞,
皓月望千家。
久沐秋风里,
乡愁醉桂花。

2017年10月4日

214 / 霜晨

淡柳迎新日,
山峦雾色奇。
鸡鸣残月隐,
霜重路人稀。

2017年10月23日,霜降

词章不是无情物

215 / 晚秋

绿黄红紫深秋色，
半有精神半是衰。
他日风霜天际降，
耸枝坠叶袒胸怀。

2017年10月28日，重阳

216 / 绣球花

枝叶任舒展，
绣球妒艳春。
高堂闻赞语，
不见育花人。

2017年10月28日

217 / 冬夜

冷月瑶台镜，
寒流万物惊。
枝头留几叶，
不去舞西风？

2017年12月7日晚，大雪节气

218 / 观灵犬台历

商务印书馆诞辰百廿年纪念,赠台历,名曰《灵犬》。晚霞里,洗墨毕,取来闲览,脑际忽闪出"戊戌"二字,心中惊悸:百廿矣,两甲子!今又来,当何为?

霞彩西天染,
池清洗墨勤。
闲览灵犬历,
戊戌又惊临。

2017年12月11日,深圳凯宾斯基酒店

219 / 游大亚湾

与胡建华、谭力海诸友,游览大亚湾核电站及附近海域。海浪汹涌中,谈语言脑计划,充满激情与浪漫。

船簸南海浪,
心拂脑洞风。
歌来皆忘我,
酒醉再寻盅。

2017年12月13日,游船上

220 / 粤地晨行

晨6点乘车去深圳机场。天黑风不寒，只有满天星斗；车灯照着路和树，昏昏而有一种神秘感。山川黎明觉，我辈早行人。很久没有这样的感觉了！

眼倦星天阔，
灯远路树昏。
山川晨梦静，
粤地早行人。

2017年12月14日，深圳至北京的飞机上

221 / 石澳行

友人陪同游香港石澳。小房子、小巷子似日本景观，很多年轻人在巷子里拍照。夕阳透过闲云，撒出金辉；碧浪拍打礁石，激起阵阵浪花。两个小孩子在海滩上挖工程，天海合处是收获而归的渔船。

日透闲云撒锦辉，
风推碧浪击无畏。
斜卧滩头听海诉，
几片天边帆影归！

2017年12月24日平安夜，香港大学柏立基书院

222 / 太平山远眺

应邀到香港大学讲学。圣诞节,与高雪松教授等游香港太平山。维港烟云、如笋楼林,尽收眼底。

和风送我太平山,
维港千楼一眼揽。
云聚云舒仙境似,
忽闻翠鸟啼新寒。

2017年12月25日圣诞节,香港大学柏立基书院

223 / 思乡

本月去深圳、去香港，在飞机上看航图，掠过家乡上空，航图出现"泌阳"二字时，心情久久不能平静。今日又飞过家乡上空，万千感慨。

少年负笈离乡关，
寻梦哪思路途难？
鬓发稀白常念旧，
云端数度凭心览。

2017年12月27日，香港至北京飞机上

224 / 沪雨

国家安全中的语言战略高峰论坛在上海召开，我和潘文国教授同为大会主席。嘉宾咸聚，在绵绵冬雨中，讨论着有些沉重的话题。

沪上雨绵绵，
风知近戌年。
语言关国事，
畅意话安全。

2017年12月29日，上海教科院

225 / 辞岁

微信勤接送，
祝福溢大江。
谋新辞旧岁，
一觉两年长。

2017年12月31日，新年钟声敲响之际

戊戌浅唱
/ 2018 /

生命如歌。戊戌年转身即过，择40余首可观者，集为《戊戌浅唱》，奉于师友，以交心焉，以拜新年！记于2019年元旦。

226 / 女儿女婿学成归国

北京时间，2018年1月14日零点，李纤、杨菲一家到华盛顿杜勒斯机场乘机回国。他们分别发朋友圈，图文并茂表达其依依惜别之情。杨菲："这些年，生命中的理想和孜孜不倦的追求就像穹顶透下的光，而你们才让我感到真实的温暖。Johns Hopkins，Baltimore，2010-2018。"李纤："2011.8.16-2018.1.13 七年前，一只皮箱里装着大大的梦想。七年后，手里拉着两个小小的祖国的希望。感谢一路上所有人的帮助和陪伴！是你们让我变得越来越好、越来越强！再见，巴尔的摩！你好，北京！"抚今追昔，我亦感动。盼你们回国，我们更是满意和急切。当夜无眠，口占一首。

去日一箱梦，
归国满腹馨。
学堪称教授，
两女胜千金。
友送惜别再，
娘迎泪染襟。
莫叨天地远，
明晚洗征尘。

2018年1月14日，凌晨三点

227 / 长相思·月食

今晚月全食,超级满月、蓝色月亮、红色月亮三种天象皆现,152年一遇。北风烈,晚七点至九点,不断开窗户,观天象,手机跟拍。装备虽简陋,但必然是自己手为。拍一阵,即转给家人剪裁、美图,择满意者,发朋友圈。如同月食直播,兴奋无比。

初亏先,食甚完[1]。
开户跟拍不惧寒,
张张放大览。

蓝月蓝,红月圆。
裁剪美图朋友圈,
一夜弄天丸。

2018年1月31日

---

[1] 月全食分为初亏、食既、食甚、生光、复圆五个阶段。

228 / 诗社

丁酉年尾,立春时节,卢湘鸿先生组群建诗社,名为"4C诗社"。入群者,都是全国计算机大赛的诗粉。诗社建立,为计算机大赛平添了几分春意,几分激情。诸友弄墨,写旧梦新愁,别有一番风味。

卢老兴诗社,
春生六九头。
寒梅迷旧梦,
墨客写新愁。

2018年2月4日

229 / 戊戌立春

山空风幻鸟,
树冻雨成凇。
莫道天寒冽,
时节已非冬。

2018年2月4日,立春

230 / 赏梅

立春,写在台历上。天寒地冻依旧。但四时轮替天之道,春色已伴梅香来。

北境风雪劲,
春情匿蕊间。
既知天有道,
笑对眼时寒。

2018年2月6日

231 / 致哨兵

昨日,闻哨兵师弟患病。两日来,他在卧榻上连写四首吟病之诗寄我,有乐、有忧、有思。并言,读我去岁《病中杂吟》,更有感触。

忙时力尽闲时病,
卧看风云景万千。
问药舌肠多苦涩,
心轻脑静写诗篇。

2018年2月7日

232 / 寒鹊

出门风刺耳,
树枯鹊长吟。
吾恤天寒鸟,
人云唱早春。

2018年2月10日

233 / 天伦之乐

春节,孩子们带着他们的孩子们归家。骑新车如杂技手,在商场的铺位间飞奔,玩海洋球、玩沙子、滑滑梯,快乐无比。我们也享受着天伦之乐,但这也是个力气活。

岸边杨柳着新色,
庭苑顽童肆意行。
沉醉天伦之乐里,
全凭力气与闲情。

2018年2月17日

234 / 白玉兰

去中央民族大学,参加"一带一路"学术会议。偶见某庭院有一树白玉兰,招摇迎春。才知道,春临京华了。

绕角香风袭,
白白满树花。
冬来人不敏,
一卉动千家。

2018年3月30日

235 / 过鹤壁

携家人乘高铁自京返乡,黄昏时分,车过鹤壁老煤城,仍见雾霾。夕阳色如鸡蛋黄,缓缓西沉去。

鹤壁煤城老,
麦田水灌青。
蛋黄昏日色,
坠入暮霾中。

2018年4月1日

236 / 清明雨

清明，在河南老家，安葬父亲骨灰。天气突然回寒，大雨磅礴，洗天净地，与我同悲。

乍暖还寒觅旧袄，
云飞五岭早花残。
清明孝子千行泪，
洗净人间四月天。

2018年4月5日

237 / 中原春色

乘高铁，从老家返京。中原大地，麦田返青，排排杨树，井字形布局，是当年人民公社的遗产。紫气笼罩，原是盛开桐花之瑞色。当年，老子骑青牛入函谷关，人言紫气东来。那紫气，也许就是那遍野桐花。

箭杨格地春千顷，
麦毯青青楼万家。
高铁风驰纵远目，
中原紫气是桐花。

2018年4月9日

238 / 雨后春晨

春晨，稍寒。夜雨之后，天清爽而无霾，心舒畅而信步。树下，落英片片，随风而颤，忽生怜香惜玉之情。怅然望天，若有所悟。

雨后称天爽，
风寒叹落英。
世间无万妥，
举目望苍穹。

2018年4月24日

239 / 宫崎

半月铭石壁，
风吹水起烟。
更衣汤泉浴，
侧耳辨歌源。

2018年5月8日，宫崎飞大阪的航路上

240 / 鉴真和尚像前

从大阪机场去奈良。未入酒店,先去唐招提寺,拜谒鉴真和尚。鉴真和尚弘扬佛法之精神,友谊中日之壮举,足令后人膜拜。

招提寺前西来客,
祭拜当年东渡仙。
大法唐风吹百代,
奈良乍看是长安。

2018年5月8日,奈良阿苏卡其康酒店

241 / 鹿

奈良大东寺,放养梅花鹿。晨来早起,友人赶去观光,拍下许多张人鹿合影照。一只大眼小鹿,最为媚人。

眼动三春水,
毛梳四季风。
逍遥东大寺,
最是撩人情。

2018年5月10日,大阪回北京路上

242 / 野卧享天伦

坡草青青，如高尔夫球场。一家人爬上去，气喘吁吁。席地而卧，子孙绕膝。此时，已忘却一切了！

柔柔青草上，
倚卧作床席。
前后子孙绕，
天伦乐不疲！

2018年5月12日

243 / 林中行

雨后，清风。数友推轮椅，带吾妻去山坡小径漫游。辨野草，观鹤翔，如回孩提时代。

绿树翔白鹤，
推车小径崎。
青棵识野草，
轮上满花泥。

2018年5月13日

244 / 飞机观夕阳

日立云舟上，
金光泻四方。
何人挥妙笔，
作画挂弦窗！

2018年6月16日，南宁至北京的飞机上

245 / 观云海

晴空万里,云团簇簇,变幻万千。高空观云海,幻云如棉,千团万堆。集来做棉衣棉被,足可让天下人不再受寒冷困迫。

一路观云海,
千恣复万形。
置身仙境里,
疑我是棉农。
棉种银河畔,
团团聚九重。
集来充袄被,
可御北国冬。

2018年7月10日,自香港飞北京

246 / 海泳金沙滩

烟台开发区之金沙滩,水清沙细。云撩夕阳,海风拂面。孩子们在沙滩上挖堰修渠,建造着他们最初的"人生大工程"。吾妻仰泳,学自温泉,今日竟能移技大海,做"弄潮儿"!

仰嬉金沙浪,
残阳照我闲。
波澜吟小曲,
海作大摇篮。

2018年8月14日

247 / 自蓬莱去长岛

自烟台驱车到蓬莱,乘映华号渡海到长岛。长岛之月牙湾,观澜听涛之好去处。这一带,是黄海与渤海的交汇处,相传也是八仙入海处。

渡海蓬莱港,
观涛月亮湾。
黄渤交汇处,
凌波走八仙。

2018年8月16日

248 / 长岛观澜

痴坐长岛之月牙湾大堤上,背灼炎阳。巨浪自海底出,形成浪墙,龙吟狮吼,"卷起千堆雪",又哗啦啦退去,碎成一滩白色浪花。循环往复,毫无倦意,展示着原始的生命力。

涛从海底生,
滚滚浪逐风。
卷雪千年岸,
悬崖鼓啸声。

2018年8月17日

249 / 字表情思

《通用规范汉字表》研制历12年,修改90余稿,参会4000余人。"字深如海",艰辛备尝。《通用规范汉字表》发布五周年纪念会上,诸君忆往昔岁月,评得失功过,较一字之短长,发数年之郁积。会后还家,自斟自饮,暑去秋来,把酒品世,只留一个"香"字。

暑夏扇将去,
秋风赶路忙。
听君说字表,
品酒满盅香。

2018年8月27日

250 / 理花

晚饭后，阳台上，夕阳里。剪去盆花杂芜，对枝叶喷些水雾，花姿顿然俏丽起来。人有爱花心，花自长精神。

动剪杂芜去，
扬壶卉叶新。
夕阳观秀色，
为有爱花心。

2018年8月31日

251 / 访信阳旧居

到信阳参加汉语高端论坛。会议结束，诸友陪我去信阳教师进修学院寻觅旧居。幸遇当年熟人指点，似乎找到了早年居所。拍照留念，往事迭涌，百感交集。

三十二载一帘梦，
往事悠悠烟雾虚。
马迹蛛丝人助辨，
依稀此处是原居。

2018年9月16日，信阳

252 / 农家游

与诸友驱车至信阳郝堂新村。辨路旁百草,尝"八月炸"山果,观墙头农具,听残荷吟雨。儿时记忆,农家画卷,友谊乡愁,都在桂香酒香中。

土语识蒿草,
幽闻桂子香。
残荷吟细雨,
煮酒话农桑。

2018年9月17日,从信阳去长沙

253 / 橘子洲头看烟花

世界语言资源保护大会在长沙召开,发表了《岳麓宣言》。19日晚,船行橘子洲头,中外来宾共赏烟花。先爆出UNESCO字样,后是大会会徽,最后有持续20分钟的烟花表演,艳丽无比,万象幻生。

秋夜银蛇舞,
花开亿万星。
烟火生百象,
尽是岳湘情。

2018年9月19日,梅溪湖正茂酒店

254 / 戊戌中秋

月饼千年信，
江山万里秋。
乡关心最软，
常在梦中游。

2018年9月23日，秋分

255 / 等候

今晨6点出发，直奔人民医院。7时稍过，吾妻被推进手术室，准备做髋关节置换手术。候在手术室外，想象着她的手术情景，提心吊胆，度时如年。

有事人行早，
秋晨细雨寒。
平常嫌日短，
手术度时难！

2018年10月15日

256 / 手术室外

卿赴寂寂医术室,
我在嚷嚷等候堂。
大嗓门开直颈望[1],
一床望过再一床[2]。

2018年10月15日

257 / 秋景

吾妻手术后拆线,今日出院,秋高气爽。昨日在人民医院住院部倚窗远望,可见西山。祥云朵朵,可幻万物。有云恰似天鹅(或白鹤)展翅,又若小象蹒跚憨行。这便是秋天之景,秋娘之貌。

陇上金风起,
街头树叶黄。
祥云天作画,
取下赠秋娘。

2018年10月29日,写在吾妻出院之日

---

[1] 术后病人被推出手术室大门,护士高喊病人名字以召唤家属。等候者跂脚引颈,等着认领。
[2] 唐代温庭筠《望江南》:"梳洗罢,独倚望江楼。过尽千帆皆不是,斜晖脉脉水悠悠。肠断白蘋洲。"此时,我确实体会到了美人盼归人的"过尽千帆皆不是"的感觉。

258 / 银杏

周六,女儿带两个外孙女回来。夕阳里,银杏树下,拢起的树叶,就是一堆黄金;随手抛撒,就像天女散金。坐路旁木凳上,公观孙嬉,尽享天伦之乐!

风拂银杏道,
叶落地生金。
趣看孩童嬉,
公孙树下人!

2018年11月3日

259 / 秋叶曲

漫步秋寒夜,
风轻叶落多。
沙沙声渐响,
助谁酿新说?!

2018年11月4日

260 / 晨曦

夜宿同济大学君禧大酒店。晨醒，撩开窗帘，几栋红顶黄墙的六层小楼，挺拔的苍松翠柏，还有寒风中抖翅的鸟雀，尽入眼底。若是再冷些，红梅欲绽，鹊踏枝头，更是美图。

沪上晨曦里，
弄堂渐市声。
开窗梅欲绽，
踏鹊唤寒风。

2018年11月11日

261 / 落叶

绿叶悄着色，
寒枝半月黄。
飘零碾作土，
遗世夜来香。

2018年11月12日

词章不是无情物

262 / 初冬感怀

鹊唱声声慢，
枝摇柿柿红。
秋冬多彩季，
孕育夏春中！

2018年11月13日

263 / 北大登高

宁琦教授聘我为北京大学外国语言文学学科顾问。风来霾去，晴空万里。上得楼顶，可望西山。万树染色，若油画般。相信北大外语学科能历秋越冬，描画出更好春光。

万木着秋色，
风轻画卷长。
登高能见远，
悦目话春光。

2018年11月16日

264 / 乡音宋韵

河南大学召开高端论坛，召河南籍语言学者回乡论学。讨论河南话时，学者兼发音合作人的优势异常凸显，气氛热烈，乡音回荡。

国语论学问，
乡音叙旧情。
声腔随意转，
宋韵数东京。

2018年11月24日，开封

265 / 五彩汴菊

河南大学高端论坛结束，乘高铁返京，收到友人在群中所发五彩菊照，说是专到开封龙庭所摄。菊花旖旎炫目，若闻阵香袭来，借来制曲酿酒，想必更为甘醴。

巧匠千花会，
龙庭五彩菊。
风来香阵透，
正好酿秋曲。

2018年11月25日，G1559高铁上

266 / 万象行

首访老挝,方知道"万象""澜沧",皆意为"万头大象";"湄公河"之"湄公",意为母亲;"老挝",意为"人"。老挝全民信仰南传佛教,寺庙金碧辉煌。合十是普通礼节,音乐都含佛性。经济虽不发达,但人心安定,幸福指数很高。

万象今无象,
湄公是母亲。
合十真诚见,
静地幸福人!

2018年12月14日,万象XAYSOMBOUN旅馆

267 / 万象家访

13日一天会议。回宾馆途中,应邀到一位副司长家小坐。房舍宽阔,院植菜蔬果木,内庭有织布机。主人自酿米酒,甘醴爽口。

厅内织云锦,
宅前植果林。
老挝高干府,
酿酒醉友人。

2018年12月14日,万象XAYSOMBOUN旅馆

己亥留声

/ 2019 /

年首总觉一年长,年尾便觉此年短。天天没闲住,日绩很好;但年底盘点,好像没几件事能放到台面上,许多该做的事情没有做,年绩怎评?好在有些诗作,仿佛日记般。谚曰,人过留名,雁过留声。今年诗集,聊以《己亥留声》名之。记于2020年元旦。

268 / 惜时

刚过元旦,便来东北师范大学,应邀为"东师论坛""东北大讲堂"作学术报告。住东师会馆。料峭寒风中,夜阑人静时,可以准备讲稿看看书。东北天亮早,但有浓雾,仿佛太阳贪睡,迟迟不起,我亦可以赖赖床,等待太阳升。

鸡鸣春晓早,
雾起日升迟。
昼短难为事,
多惜夜静时。

2019年1月4日,东北师大东师会馆

269 / 桃符

岁岁除夕换,
新桃成旧符。
君子寻久法,
一策管长途[1]。

2019年2月4日,除夕

---

[1] 新桃一年成旧符。国家大策,则不可一年一变,须管长久。

270 / 戊戌感怀

戊戌一宿成历史，
己亥四季写将来。
当年变法今犹训，
后世重听子孙哀？！

2019年2月5日，年初一

271 / 再赋朱顶红

朱顶红，当年友人所赠。数年来，年年如期怒放，鲜艳夺目，令人爱怜。用心育花，更懂其美，哪是掷钱买花所可比！唐崔护曾有"人面桃花"诗[1]，吾妻育花家人赏，人面常映花儿红，何有崔御史之叹？

去岁红花又艳今，
赏花仍是育花人。
卖场掷钱能掠美，
心说自力胜王孙。

2019年2月28日

---

[1] 唐代崔护《题都城南庄》："去年今日此门中，人面桃花相映红。人面不知何处去，桃花依旧笑春风。"

272 / 晨行

去岁，吾妻左腿髋关节骨折，做置换手术，效果不错。近得友人助，又主动入院，做右腿髋关节置换。我6点起床，赶去医院，为妻子进手术室做准备。晨行黎明时，风雨倍觉寒。此时车稀路宽，少有的通畅，必然是起得太早了。

道阔车稀急赶路，
行夜未着夜行衣。
晨风带雨深觉冷，
正是黎明最暗时。

2019年3月4日去医院途中，3月15日定稿

273 / 手术室外

晨起赶去医院，送妻进手术室，做髋关节置换。大厅等候，焦虑万分。脑空眼空，数小时只能痴痴眺望蓟门浮云。平安归来，我的妻！

百诵难成句，
空眼望蓟云。
人间焦虑事，
手术候亲人。

2019年3月4日

274 / 早春三月

早春三月（农历二月），早晚尚寒。驱车上路，单柳无色，行柳则初现春意。百树枝秃，似冬眠未醒。忽一树樱花闪过，随风摇曳，洒脱炫目。是春天了！若得几日暖阳煦风，京都便百花艳放，柳絮飞扬，莺歌燕舞了。

河林露重樱枝粉，
道树风轻柳色初。
春冷若得十日暖，
红花素絮舞京都。

2019年3月11日

275 / 春心

书多室乱，在阳台制一排书柜，既理书卷，又防蛀腐，还可做花台。家人养花，如育宠物，用心尽意。春天一来，百卉萌动，兰花尤勤。我说，"我家是花皆报春"。客云，那是"根润书香气，人怀世悯心"。

阳台制柜收杂卷，
顶立养花五彩盆。
根有书香人尽意，
我家百草有春心。

2019年3月14日

276 / 迎春花

近赏藤间芽嫩短,
鹅黄数点胜足金。
冰雪冷聚三冬志,
一夜东风早报春。

2019年3月20日

277 / 新竹枝词

澳门语言文化研究中心成立十年,立南国,连两地,为澳门语言生活研究,多所建树。特为其十年庆典题诗。

池畔荷风里,
竹吹万户馨。
翻得唐宋韵,
一曲动人心。

2019年3月20日

278 / 春柳

昨日尚无色,
今晨绿半城。
风若泼墨手,
染柳造春景。

2019年3月21日,春分

279 / 春分吟玉兰

偏宠东风肆意开,
花香扑面满枝白。
绿叶萌迟扶不上,
蜂蝶毋待惹情来。

2019年3月21日,春分

280 / 榆叶梅

早春乍暖还寒,农谚曰,"二八月里乱穿衣"。风吹柳丝,别一种潇洒。喜鹊衔枝筑巢,别一种忙碌。迎春金黄,玉兰雪白,樱花带粉,早春多是黄白之花。忽然见一簇簇榆叶梅,红花怒放,别开生面。

还寒乍暖衣穿乱,
绿柳梳风鹊踏春。
惯看黄白枝上舞,
红花几树最惊心!

2019年3月26日,去北京机场路上

281 / 枕溪木屋

随周洪波先生到绩溪。母亲接站,兄弟家宴,亲如一家。土菜醴酒,让人醉心。夜宿"江南第一村",木屋,清溪,一夜安眠。

木屋松香沁,
白鹅唤早寒。
清溪窗外绕,
水乐助春眠。

2019年3月28日,绩溪江南第一村

282 / 水墨绩溪

春日绩溪，梯田层层，菜花金黄。衬托着云山白墙，浸润着江南烟雾，实乃天然的水墨丹青。

水墨春山雾，
丹青皖派墙。
鸡鸣天破晓，
遍地砌金黄。

2019年3月28日，绩溪江南第一村

283 / 绩溪蓄能电站断想

冒雨出行，与周洪波兄一起去竹里、梅干、尚村、胡家村等古村落，看遍地菜花，赏徽派建筑。中途远眺绩溪抽水蓄能电站。电站位于伏岭镇登源河之北支流，上下水库有效库容821万立方米，装机容量1800兆瓦，将承担华东电力系统调峰、填谷、调频、调相等任务。下水库已蓄水，云雾缭绕，山麓隐秘，或是桃源所在。

徽州春雨稠，
筑坝水成湖。
借问云生处，
桃源是有无？

2019年3月28日

284 / 交大晨光

参加马丁适用语言学研究中心的多语高端论坛,夜宿学术活动中心。清晨,朝霞挤入窗帘,情鸟婉转对歌。而我恋床,开帘再卧,在鸟鸣中细看风摇翠柳,樱花狂放,把自己融化在交大晨光里。

帐内人独寝,
窗外鸟对吟。
行者惜脚力,
卧看苑花新。

2019年3月30日,上海交大学术活动中心

285 / 塞纳河畔

与巴黎东方语言学院谈东巴文慕课项目合作，偷闲漫步香格丽榭大街，在网红风味餐厅品法国菜。夕阳西下，船游塞纳河，衣单风寒，仍立身船头，浏览巴黎晚景，凭吊千年故事。

巴黎圣母[1]多忧患，
香街[2]凯旋[3]艺术情[4]。
塞纳河边千古事，
寒江晚弋满船风。

2019年4月14日，巴黎

---

[1] 指巴黎圣母院，因同名小说而世界有名，敲钟人嘎西莫多、艾斯米拉达等形象，中国人家喻户晓。当日船经巴黎圣母院，拍下不少照片，并不能想象第二天她就毁于大火。

[2] 指香格丽榭大街。

[3] 指凯旋门。

[4] 实指卢浮宫。

286 / 悲巴黎圣母院火灾

昨晚，在巴黎东方语言学院附近，与白乐桑教授等法国朋友品地道法国晚餐。忽闻巴黎圣母院失火，并有电视直播其倒塌过程，让人泪目、心痛。今晨告别巴黎，街头警员徘徊，警犬时吠。细雨绵绵，若泪若针。如果昨日有此雨，圣母院也许不会毁于一炬。

警犬街头吠，
巴黎雨似针。
不闻黄马甲，
圣塔火炙心。

2019年4月16日，从巴黎去日内瓦火车上

287 / 日内瓦

中午，从巴黎坐火车到达日内瓦。下午先看宗教改革墙，再去老城。市政厅、彼得教堂不远处，便是卢梭博物馆和索绪尔旧居。肃穆凭吊思想大家，觉得路边花草更为鲜艳，那是"思想之花"吗？

细雨霏霏日内瓦，
卵石古道访名家。
卢梭邻居索绪尔，
思想润艳路边花？

2019年4月16日，日内瓦

288 / 阿尔卑斯山

中午,自日内瓦机场回北京。两次访问瑞士,都无缘攀登阿尔卑斯山,无缘体验那冰雪神话。机场遥望山脊,莹莹白雪,如玉龙飞舞。飞到空中,透舷窗鸟瞰,雪地圣洁,白云悠悠,顿生无限情思。

极目山脊处,
白雪舞玉龙。
闲云生惬意,
游客自多情!

2019年4月18日,日内瓦飞北京途中

289 / 野村远眺

山巅远眺,见炊烟袅袅,绿林覆野。深山野村,若世外桃源。不禁想,今日之世外桃源,真的是"世外桃源"么?老叟老妪,知道现在市井消息否?年轻小伙,是否骑着摩托、拿着手机放牧牛羊?

炊烟几缕知人在,
绿树成林隐凤凰。
老叟可闻山外事?
谁骑铁马牧牛羊?

2019年4月30日

290 / 新果

去金华参加首届国家语言政策与语言生态高层论坛。到萧山机场，遇陆俭明、马真、周庆生三位先生。毛利群女士接机，喝杯咖啡歇歇脚。驱车2个多小时到达金华。北国花刚残，南国已有新果可尝。

风暖知春暮，
无忧柳絮飏。
花残江北野，
果市水南乡。

2019年5月4日

291 / 洛阳五月行

来洛阳参加《河南省公共服务领域英文译写参考》实施会。已是5月上旬，错过了牡丹盛期，也许芍药可补牡丹之憾。

洛水牡丹红，
迟来景半空。
残花芍药伴，
可补盛时容。

2019年5月7日，洛阳

292 / 庭院夜步

细雨刚过,暮色降临。推轮椅,与妻院中漫步。月明天蓝,云儿不断变幻形状,赚人遐想。风抚新绿,幽幽花香,心旷神怡。静夜里,似乎只有我们,更增些闲情逸趣。

月朗天如洗,
云纱透远星。
风轻说孟夏,
夜静步闲情。

2019年5月13日

293 / 池鉴

参会到宽沟。清晨早起,月在南天已淡,朝霞染云彤红。小溪截流为池,静立池畔,不仅有天光云影,更能镜鉴己心。古人云:"以铜为镜可以正衣冠,以古为镜可以知兴替,以人为镜可以明得失。"

晨淡南天月,
霞妆北地云。
积流为水鉴,
静立照身心。

2019年5月28日,宽沟

294 / 晨景

身沐晨曦,草木迎风起舞。花噙露珠,映日幻彩。凝视近树,爱鸟嬉巢。漫步在长满蒲公英的草圃之上,自影长长,踏影共行,心清气爽。果然,一天之计在于晨。

草木司晨舞,
珠露映日红。
巢旁观鸟戏,
蒲苑步长影。

2019年5月28日,宽沟

295 / 拜谒米公祠

因学事去襄阳。刘群、高琦陪同拜谒樊城米公祠。米芾,又称米襄阳。其"襄阳"二字,千古临摹。其题之"第一山",亦是精品难摹。立米公祠前,望风雨中之汉江襄城,方知米公之笔为何如此润泽,深羡米公之癫何等潇洒。

汉水生风雨,
米公润笔酣。
襄阳[1]千古字,
泼墨第一山[2]。

2019年6月20日,自襄阳飞重庆

---

[1] 襄阳:既指米芾,又指米芾所书"襄阳"二字。
[2] 第一山:米芾为武当山所题(亦有为天台山之妙山所题之说),被视为米芾书法之代表作。

296 / 凭吊兰卡斯特古堡

受邀赴英国兰卡斯特大学,参加第十七届高校国际汉语教学研讨会暨2019年英国汉语教学研究会年会。会末参观兰卡斯特城堡。城堡在兰卡斯特最高处,建于1200多年前。早年曾是监狱,牢房狭小,暗无天日,展览的各种刑具,诉说着对囚徒的刑虐。许多人从这里流放到北美和澳大利亚。

古堡千年罗马墙,
囚徒百虐放西洋。
北美澳洲民殖地,
苦辣酸甜忆故乡。

2019年7月7日,兰卡斯特

297 / 饮酒英格兰

英国汉语教学研究会会长王维群女士,在Toll House Inn与潘文国、刘珣、杨尔弘等部分中国参会学者举行告别晚餐。郑冰寒博士出人意外,亮出一瓶白酒;曾敬涵教授连说来英国数年,还没喝过白酒。百年英国酒店,自然也没有白酒杯,凑出几个大小不等的威士忌酒杯。荐维群做"酒司令",挑个杯子为量杯,分酒以示公正。

英伦酒店里,
白酒佐西餐。
杯盏量多少,
兴来笑破天。

2019年7月7日,兰卡斯特

298 / 晨行兰卡斯特

凌晨5点半,从兰卡斯特酒店坐出租车去曼彻斯特,乘机回国。晨曦微寒,夏日如秋。丘陵平原铺一张硕大绿毯,树木随意生长,或独立,或成林,使大地平添几分潇洒。黑色石块砌成条条篱笆,把草地分割成各种几何图形,懒散的牛羊稀疏分布在绿色的几何图中,或吃或眠……仿佛是世外桃源。

牛羊贪食醒复睡,
夏日晨光带微寒。
绿树山壑铺青草,
恍惚世外有桃源。

2019年7月8日,曼彻斯特机场

299 / 空中晨眺

从曼彻斯特经法兰克福飞北京。清晨醒来,已在乌兰巴托上空。打开遮光板,朝霞漫天,竟然如此美妙。飞机前行,霞红减褪,渐有鱼肚白色。云变幻着各种色彩与形状,如村野早炊,如牛羊野牧,如马队缓行……

北漠凌霄殿,
开窗见美霞。
红白悄变彩,
云里有人家?

2019年7月9日晨,飞机上

300 / 仿唐杜牧《江南春》

夜读杜牧《江南春》:"千里莺啼绿映红,水村山郭酒旗风。南朝四百八十寺,多少楼台烟雨中。"稍改数字,以抒此时心绪。

千里莺啼绿映红,
水村山郭酒旗风。
人生四百八十事,
多少情思烟雨中。

2019年7月12日

301 / 太阳岛

应邀到哈尔滨工业大学作学术报告。下午空闲,与在哈尔滨工作的几位弟子一同游太阳岛。听老曲,坐游船,赏瀑布,观天鹅。放松身心,亲近自然,师徒感情也亲近了许多。

旖旎太阳岛,师徒信步游。
祥云囊彩日,老曲唱新愁。
瀑布飞仙影,夏浪放轻舟。
人谋一世旧,学贵四时储。

2019年7月16日

302 / 夏果

傍晚漫步。细观路边树木，见海棠、秋桃，皆青果如辫，掩匿于繁叶之中，无几人赏识。回想其春风中的花枝烂漫，观者攀者络绎不绝，忽有种别样感觉。

艳艳春花早，
枝枝夏果迟。
只言花好处，
不见果青时。

2019年7月30日

303 / 夜游京杭大运河

去杭州，早行午至。下午与几位弟子访梅家坞，品龙井茶，吃本帮菜，赏西湖景。夜去武林门，坐船游京杭大运河。两岸翠柳，灯火点点。水中似流有通州以来之汴水、淮河、长江、钱塘江之所有河水，景中似融合唐宋元明清至今之历代风情。游船之上，仿佛做历史穿越。

水融江淮汴，
景织唐宋今。
运河秋夜舫，
千载弄梭人。

2019年8月26日

304 / 蒙古草原感怀其一

2019年9月20日,在宝力格院士等蒙古朋友陪同下,去胡斯台国家公园。午时沙洲野餐,再继续前进至山巅处。山顶乱石林立,白桦黄叶醒目,借助望远镜可见野马。身躺草丛中,听虫儿鸣叫,看天空云悠:这里曾是苏武牧羊经历地,贝加尔湖还在北边;这里也是晋商千里贩茶处,何以无多少汉家习俗?漠北地广,长城靠南,汉家为何不能经营辽阔漠北?成吉思汗何以威震欧亚非?那时庞大国土如何通信?

胡月楼间挂,
秋风北地异。
长城千万里,
仍是小格局。

2019年9月20日,蒙古胡斯台国家公园

305 / 蒙古草原感怀其二

不见胡蹄奔,
但闻草虫鸣。
云如天饰物,
半卧悟苍生。

2019年9月20日,蒙古胡斯台国家公园

306 / 蒙古草原感怀其三

苏武牧羊路,
晋商贩汉茶。
和亲千岁月,
可认舅甥家?

2019年9月20日,蒙古胡斯台国家公园

307 / 碎叶废墟怀李白

访问吉尔吉斯斯坦。22日下午,在孔子学院安德源院长陪同下去托克马克,寻访李白出生地。据传,李白是西凉太祖李暠的后代,其父在碎叶驻防。郭沫若则考证其父为商贾。李白可能出生在碎叶,生活到六岁。然而问起当地人,竟然对这位大诗人一无所知。

皑皑天山雪,
莽莽碎叶城。
李白生诞地,
赚我万千情。

2019年9月22日晚,Astoria Garden酒店

308 / 雾游阿拉尔恰

阿依卡博士，我的吉尔吉斯斯坦学生，陪我去阿拉尔恰。上山大雾，耳悦而目蒙眬。下山突然放晴，才得睹其油画般风貌。

景美身疲后，
雾浓瀑布长。
踏石听水奔，
雪化满川粮。

2019年9月23日夜，Astoria Garden酒店

309 / 吉尔吉斯抒怀

丝绸古道驰商旅，
远渐唐风碎叶西。
感受诗仙童幼境，
犹闻胡乐在东邑。

2019年9月23日夜，Astoria Garden酒店

310 / 中亚回族移民画像

140多年前，因"同治回乱"，白彦虎带回民翻越天山，到楚河流域定居。苏联称其为东干族，并制定东干文。而今他们保持着原来的语言，自称是"老回民"或"中亚回族"。身处异国他乡，能把语言风俗保持下来，确为奇迹。

百冊西行远，
一口陕甘音。
人称东干客，
自认老回民。

2019年9月24日，乌鲁木齐机场

311 / 《人生初年》下印厂感怀

记录女儿语言发展历程的《人生初年》，即将下厂印刷，回顾记日记及其整理、出版的历程，感慨万千。感谢我的伴侣与工作伙伴白丰兰！感谢商务印书馆陈玉庆、杨桦、周洪波、余桂林诸君的付出！感谢胡建华、郭熙二兄拨冗作序！

话记千余日，文成百万言。
辛勤超卅载，校样等身观。
两序金不换，封图志比天。
一书多友助，把酒谢群贤。

2019年9月26日

312 / 腾冲慰国魂

己亥重阳，云低雨寒。数友奔腾冲，慰祭远征军英烈。挽联寄情，秋雨润洒，绽斑斑墨迹，如滴滴泪痕。

远征滇缅击强寇，
浴血捐躯泣鬼神。
雨打挽联滴墨泪，
腾冲万里祭国魂。

2019年10月7日，重阳

313 / 畹町抒怀

"畹町"乃傣语地名,"太阳当顶"之意。清晨从芒市(意为"晨曦之地")出发,中午走到畹町。百年前,此处只一条羊肠小道,畹町河边之破屋,权当过境商贩饮马歇脚之"驿站"。1938年滇缅公路开通,畹町为中方一侧的终点,畹町石桥是抗日战争时西南边陲唯一的交通枢纽。1942年中国远征军10万将士由此出兵缅甸,日军亦是由此侵占滇西。

滇道西端畹町桥,
缅中公路正当腰。
溪水潺潺说故事,
白云猎猎演军曹。
八十岁月风和雨,
十万官兵血刃刀。
远眺江山心醉酒,
传唱代代是《离骚》。

2019年10月8日,芒市宾馆

314 / 滇西公路

由芒市去昆明，经潞江坝。休息区有公路博物馆，展示秦五尺道、茶马古道、中缅公路、云南高速公路各险要雄伟工程。崇山峻岭之路，几乎是隧道连桥、桥连隧道的艺术。滇西一行，方知不只有"蜀道难"。

穿山越岭飞江堑，
隧道桥桥万里连。
大理一出西望去，
莫说蜀道上天难。

2019年10月10日

315 / 韩山师范学院怀韩文公

唐宪宗元和十四年（819年），韩愈贬为潮州刺史。任内未满8个月，兴修水利，驱鳄除害，释放奴隶，兴建学堂。百姓心中有杆秤，世代铭记。赵朴初先生云："不虚南谪八千里，赢得江山都姓韩。"

释奴崇教除鳄患，
八月江山尽冠韩。
宏誉文公知道否？
平民世代种心田。

2019年10月26日，潮州宾馆

316 / 夜访广济桥

潮州广济桥又称湘子桥,始建于南宋乾道七年(1171年),与河北赵州桥、泉州洛阳桥、北京卢沟桥并称中国四大古桥。它集梁桥、浮桥、拱桥于一体,被茅以升誉为"世界上最早的启闭式桥梁"。桥面白天闭合,可行人车;晚上开启,不误舟船。己亥秋末,到韩山师范学院参会,友人陪同,夜访广济桥,恰逢灯光秀。七彩之光闪烁变幻,潮腔音乐跌宕起伏,东山舞龙,星汉落地,疑似河图洛书重现。

晨合晚启机关巧,
昼走人车夜渡船。
广济山河灯火秀,
浑觉灿汉落凡间。

2019年10月27日,潮州宾馆

317 / 访漳州香蕉海林语堂纪念馆

在闽南师范大学,参加2019年两岸语言文化交流研讨会。会后,吴晓芳教授夫妇陪同,访问五里沙林语堂故居。路边饮一杯片仔癀草与甘蔗的榨汁,青青的,甜甜的,苦苦的。林语堂是用双语写作的文豪,还发明了中文打字机和牙刷,但没有推广开。故居在一片蕉海里,观林语堂事迹,想起那些笔墨官司,放眼蕉海,感慨万千。

蕉林瑟瑟何家曲?五里沙头是故乡。
诤友讥讽乏走狗,漳人褒语大文皇。
东西双脚随心走,英汉两言所欲倡。
笔墨官司增史趣,君亡再立不逝堂。

2019年11月12日

318 / 茶楼品茗

去莫干山参会,先在浙江科技大学聚齐。夕阳下,茶桌旁,品龙井,话干将莫邪。驿站休闲的感觉。

小楼夕阳暖,
茶园竹影斜。
杭州冬日短,
龙井话莫邪。

2019年11月19日,莫干山芦花荡饭店

319 / 莫干山夜眺

宿莫干山芦花荡饭店。山上饭店,名"芦花荡",颇为浪漫。饭店旁边,有剑池,相传是莫邪、干将铸剑之处。夜眺万家灯火,疑似先贤铸剑时迸溅的炉汁铁花。

客房竟叫芦花荡,
或是旁边有剑池。
鸟瞰万家灯火亮,
莫干打铁迸炉汁。

2019年11月19日,莫干山芦花荡饭店

320 / 莫干山晨瞰

山峦奔顶鸟朝凤,
竹木侧身向上来。
日跃云开光万变,
晨观景色畅胸怀。

2019年11月20日,莫干山芦花荡饭店

词章不是无情物

321 / 登山

商务印书馆召开《人生初年》出版座谈会,群贤毕至。上午9点开始,一直到12点多,与会者都情绪高涨,褒奖不断。我的感觉如登山。当年记录女儿日记6年有余,如登山;之后整理日记11稿,亦如登山;而今著作出版,如在峰巅,可见美景;然学术就是在万山圈子里,一山放过一山拦。学无止境,抬眼还有无数山。

山峦景色春秋易,问顶攀岩步步升。
气喘轻香风赠送,耳闲密语鸟争鸣。
云缠万壑诗书意,雾掩千峰水墨情。
自忖心野无止处,高低见识不相同。

2019年12月26日,《人生初年》出版座谈会后

322 / 年尾感怀

叶落知天冷,
梅香报岁春。
光阴殊吝啬,
不肯借秒分。

2019年12月31日夜

庚子行吟

/ 2020 /

2020年，坎坷多难。数百学人组建语言服务团，研制"方言通""外语通""简明汉语"，如一线战士。之后是复工复学，线上招生、上课、论学。有奋进号的潜沉渊底，也有嫦娥五号的探取月壤。一年来，边行边思，边泣边歌，得诗40首，辑为《庚子行吟》，聊作年轮一划。记于2021年元旦。

词章不是无情物

323 / 庚子除夕怀古

孤灯读史常击案,
各色条约记不全。
割地赔钱成惯例,
缘何总骂外交官?

2020年1月24日,除夕

324 / 青龙湖湿地

大年初一,一家7口游青龙湖。雪后小寒,园阔人稀。千排树木成阵,百亩水面冰封。人立冰上,战战兢兢。夕阳恋山,迟迟不落。晚霞染山,又是新的一年!

湖边芦苇知风向,
寻暖野鸭唤子眠。
冰上残雪人惧立,
云霞一抹染西山。

2020年1月27日

325 / 寒春夜步

夜间，戴口罩，出小区，附近走走。月昏灯闲，街静人稀。行人多戴口罩，迎面自动让开。人为物累，匆匆多是遛狗人。

出门罩口明星范儿，
风轻灯闲月半昏。
仨俩匆匆为遛狗，
街边以目辨熟人。

2020年1月31日

326 / 茶花

忽一日，阳台茶花开放，一朵独秀，全家惊艳。拍来发友人，友人大赞"报春花"。平时，万紫千红才是春；特殊日，一枝可胜春满园。

愁笼户外疫霾重，
气聚家中赏卉情。
漫道新春须万紫，
茶花一朵胜千红。

2020年2月4日，立春

327 / 新竹吟——献给战疫语言服务团

今日,组建40余人"战疫语言服务团",研制《抗击疫情湖北方言通》。南北呼应,昼夜连作。我辈不做大疫看客,自诩一线战士!

素有凌云志,
修身泥石中。
江关需渡器,
一夜跃当空!

2020年2月10日深夜

328 / 七星剑

"战疫语言服务团"研制"方言通"七件产品,自诩"七星剑"。支援赴鄂医疗队,广得好评。夜不能寐,诗以咏之!

踏遍三山地,
炉熔五彩岩。
七星神剑舞,
江汉斩新冠!

2020年2月14日凌晨

329 / 朱顶红十年颂

友人赠我朱顶红十年矣。年年怒放,不负春光。今年无心照管,亦如期而华,红红火火。万物有道,不因人存,不因人废。

十年未负春光好,
岁岁如期火样红。
不解新冠何物是,
东风有信自争荣。

2020年2月18日

330 / 云图

午饭后,戴口罩,推轮椅,与家人小区漫步。轻风拂面,絮柳婆娑。仰望远空,蓝天白云,可拟为肥羊健牛、奔马翔鹤。西北风来,云形变幻,又是一幅天图。

絮柳拂天阔,
浮云绘百图。
牛羊逐鹿马,
幻像掠风无。

2020年3月1日

331 / 日月同辉

日月同辉,常时不易见到,人称瑞相,国之祥兆。今日有幸,在庭院中见其佳景,岁月静好,时不远矣。

午后庭园静,
云闲暖絮飞。
东楼忽见月,
映日竟同辉。

2020年3月3日

332 / 惊蛰

惊蛰者,天气渐暖,始有春雷,惊醒蛰居万物。然今年之京师,雨罕春迟。午后出外,散步近阳,谓之"寻春"。天高云淡,风助鸟飞,但花草树木似仍冬眠,吝惜春色。突见楼前一株玉兰,梢头待绽,粉色诱人。再细辨苑角之迎春花,红芽微萌,黄花一朵,透出惊蛰气息。

玉兰待绽千枝粉,
石畔迎春一点黄。
未见惊蛰雷震雨,
新莺试翅顺风翔。

2020年3月5日,惊蛰

333 / 助妻理花

家中花卉,全由吾妻照管。常唤我帮工,怕我久坐伤身,亦想让我欣赏她的劳绩。"千呼万唤"始出来,高高兴兴,对着蝴蝶兰一剪下去,竟误伤新枝。帮倒忙的感觉,真的是"阿堵"[1]。妻曰:轻易不央人(求人),央人还得给央钱!友人曰:帮倒忙也乐呵,贵在掺合。

帮工除枯蔓,
误剪断新枝。
万唤方来助,
一挫愧几时。

2020年3月8日

334 / 春迟

惊蛰前后,南方已是玉兰白、菜花黄、樱花红,而燕山一带却只有点点迎春。中国农历是阴阳合历,二十四节气以河南为本。物候时令,总是南方早北方迟。近日闲坐庭院,观云听风,只闻鸟语,不见花香。

农耕节气黄淮准,
草木冬眠赵晋长。
雨水只闻家鸟语,
惊蛰不见百花香。

2020年3月9日

---

[1] 阿堵:六朝时口语,意为"这个"。时人王夷甫有雅癖,从不言"钱"。其妻故意将铜钱堆绕床前,夷甫晨起,呼婢"举却阿堵物"(搬走这个东西),仍不言"钱"。

335 / 清明祭父

养儿始懂养儿累，
为父方知为父心。
草冢应闻追远曲，
清明默立断魂人。

2020年4月4日，清明

336 / 清明泪

4月4日，庚子清明。上午10时，举国默哀，为因新冠肺炎牺牲的烈士和逝世的同胞。汽笛长鸣，泪水成雨。新冠病毒究为何物？世人如何应对？有几得几失？待弄清底细，著为"新冠行状"，与纸船明烛一火燃尽，再祭逝者！

慎终追远清明雨，
不恃风云泪汇成。
待纂新冠行状表，
一火燃尽祭亡灵。

2020年4月4日，清明

337 / 春红

清明雨勤寒犹在,
三月蜂蝶禁翅中。
槿李不知人世恨,
花红依旧笑春风。

2020年4月5日

338 / 花魁

楼栋出口,有一月亮门装饰。隔门望去,一树丁香,竟是白花,在和煦的阳光下和春风里,在四围的绿柳冬青中,悦目赏心。在小区转上一圈,连翘黄,玉兰白,杏李粉,桃花红,樱花片片,海棠簇簇,木槿辫辫,榆叶梅从根枝到末梢都缀满花朵,丁香开着紫花溢着幽香。春日说来就来,一眨眼便春光满园,目不暇接。然而最动人者,还是那一树白花丁香!

翻飞柳絮蝶新舞,
杏李桃樱竞盛妆。
欲问花魁谁作首?
丁香几树满庭芳!

2020年4月5日

词章不是无情物

339 / 瞰春

电视节目空隙，放点"瞰春"小片，皆南北名景，如婺源菜花，云南梯田，武汉樱花，北京海棠。然春花只识东风面，晨自开放暮凋零，现实中却不见，熙熙攘攘赏花人。

江山万里织罗锦，
北卉南花照样馨。
但见煦风摇碧树，
难得好事赏春人。

2020年4月6日

340 / 敛色

去岁秋末，莫干山头。小友土娃，喜拍各色小花，甚至是土色石藻。她曾学服装设计，说是可从自然万物获得"色感"。近与妻在庭院"踏春"，有暇细品春色。墙角一株紫色玉兰，花片艳色，依土娃高论，可为窗帘、睡衣之样。成语有"巧夺天工"，其实"夺"字太为夸张，能"借"知"学"，师法自然，已属上乘。

摄像石花卉蕾中，
摹形浪卷鸟翔空。
裁衣染锦行猫步，
最巧人间是物工。

2020年4月7日晨

341 / 特殊时期游海棠花溪

周六,女儿一家回。午后,全家去海棠花溪。量体温,排队入,大喇叭声声提醒戴口罩。天蓝风和,花团锦簇,各色海棠,枝如辫,树如云。风吹来,落花成阵,纷飞如雪,绿径堆红。本想着游人不多,没想到竟然是熙熙攘攘,罩口着彩衣,攀枝留春影。春若流水,花自飘零。惜春之情同,叹春之气同,憾春之意同。

花溪四月春流水,
罩口游人竞彩衣。
绿径堆红愁黛玉,
随风柳舞海棠飞。

2020年4月11日

342 / 春归

风吹来,残红尽。雨打来,新枝嫩。春来不及赏惜,又随风雨去。正叹息,忽见架头凌霄,粉穗串串,依风戏蝶,似知春归处。

风摆嫩木残红去,
雨润新枝绿渐肥。
正叹春光何处匿,
凌霄粉架彩蝶飞。

2020年4月16日

343 / 花事吟

沐罢棠风赏牡丹，
一园紫色是花鸢。
黄红月季颜如夏，
再悦菊梅待后天。

2020年5月11日

344 / 月季

月季自蔷薇驯化而成，号称"花中皇后"。一入五月，北京街头月季怒放，红黄粉白，一朵如人面，数朵成一簇，争妍斗奇。月季是北京、莱州、淮安、邯郸、南阳的市花。何为市花？不仅艳丽为后，更不在朱门里矫揉造作，一尽市民观赏；富贵气，平民享。

杏案银瓶纤手插，
春风夏露润谁家？
簇簇月季香街路，
不似朱园造作花。

2020年5月14日

345 / 天悼

5月21日下午三时,全国政协十三届三次会议在人民大会堂开幕。默哀一分钟,对因新冠肺炎疫情牺牲的烈士和逝世的同胞表示深切哀悼。北京突然天黑如夜,暴雨倾盆。人哀天悼,痛后应省。

黑云西北压城垛,
转眼长安昼夜混。
试问何因天象乱,
听由楚子诵祈文。

2020年5月21日

346 / 涵涵涂鸦

外孙女涵涵,今天画画,有小鸭子,还签上自己大名。名字写得"篆书"一般,姥姥、姥爷竟还夸个不停。

四岁小儿显彩华,
篆书签字画黄鸭。
谁人嬉问图何物,
姥姥视宝不停夸!

2020年5月22日

347 / 落红

月季簇簇,五月花魁。然一场风雨,落红满地。想西苑残卉,虽非多愁善感之人,但也郁郁伤怀。

风雨摧花紧,
摇枝扫落红。
若何西苑卉?
复问自伤情。

2020年5月25日

348 / 喜鹊吟

比翼双飞鸟有情,喳喳踏柳戏春风。
衔枝不倦新巢筑,觅豸殷勤幼崽争。
北地乌鸦聪慧物[1],南方喜鹊好讯翁[2]。
怜惜爱恶人间事,禽兽山石慕美名。

2020年5月31日

---

[1] 北地喜爱乌鸦,或因大漠见鸟不易,有乌鸦已经满足了。在许多民族的寓言中,都把乌鸦说成聪明之鸟,如啄石子入瓶喝水的故事。

[2] 宋代彭乘《墨客挥犀》卷二:"北人喜鸦声而恶鹊声,南人喜鹊声而恶鸦声。鸦声吉凶不常,鹊声吉多而凶少。"看来起码在宋代,就形成了"南喜鹊、北喜鸦"的情况。对鸟兽万物的爱恶有时地之别,也有时地之迁。

349 / 六五感怀

今天生日,足六十五岁。身现若干衰老迹象,如双鬓发白,动作稍迟,爆发力减弱,不再用牙齿开汽水瓶盖,专有名词偶有遗忘。更知时光宝贵,"寸"时寸金;不能像年少人可以放任日月,"丈"量光阴。然,有老母在上,不敢言老,也更不敢老。

六十五岁倏忽间,
放任光阴愣少年。
暗叹一声人老矣,
母亲在上不狂言!

2020年6月1日

350 / 夜瞰四环

住宅临四环,为防噪音,窗玻璃装双层。疫情期间,城静人寂,路阔车稀。终于盼到疫情稳控,路上又见车水马龙,噪音喧天。启窗瞰路,指点车流,一点不为噪音所烦。

环路车河日夜行,
噪音盈耳启窗听。
疫前厌透声污染,
不期悄然变感情。

2020年6月16日

351 / 视频面试

两日来，在首都师范大学和北京语言大学主持博士招生面试。专家聚一起，考生在家中，双机位。屏中人物，总觉得不大真实。网络若不佳，声音时断时续，影像抖抖停停，考生考官皆着急。

面试隔空见，
形影假亦真。
网络时断续，
汗沁两端人。

2020年6月29日

352 / 水墨云意

近日，网友频发北京朝霞晚云，气象万千，还言称如何似何。能识天象会云意者，得有点道家功夫。

日坠霞光启，
云浓水墨洇。
天图何物似？
会意道人心。

2020年9月3日

353 / 秋寒

为参加中国英汉语比较研究会语言服务研究专业委员会成立大会暨语言服务研究首届学术研讨会，入住蓝调庄园。夜寒，加被，抱书而眠。忆起近段应急语言服务的事业发展，脑际不禁浮现出陆游68岁时的一首诗："僵卧孤村不自哀，尚思为国戍轮台。夜阑卧听风吹雨，铁马冰河入梦来。"

万木着秋色，
金风舞叶寒。
天冷加夜被，
铁马入书眠。

2020年10月31日

354 / 居京廿年感怀

自南国奉调入京，今恰20载。回首往事，信长安米贵。今已过古稀之年，但仍若秦牛，不用扬鞭，奋蹄而前。

长安米贵居何易，
栉风沐雨怎忘忧？
奋蹄秦牛鞭不用，
耕田下种望丰收。

2020年12月12日

355 / 嫦娥奔（bèn）月

2020年11月24日，嫦娥五号腾空而上，奔月而去。几经变轨，于12月1日着陆月球，钻月采样，小心封装。3日返航，经一系列太空动作，于17日凌晨，带1731克月壤回到地球。来去24天，千家万户守望24天。当年嫦娥是"bēn（阴平）月"，偷吃灵药，不自主升空；而今嫦娥是"bèn（去声）月"，有目的去探月，为人类迈向星辰海洋立下奇功。

千家万户银屏守，
五号嫦娥取月壤。
何事令君天地返，
嫉妒后羿捕星光。

2020年12月17日

辛丑慢曲
/2021/

辛丑年倏忽而逝,翻查台历,每日几乎都填得满满登登,方知一年的忙碌。忙中偷闲,吟几句闲篇,名曰《辛丑慢曲》。"慢曲"者,慕闲也。记于2022年元旦。

356 / 辛丑元旦

悄然辛丑别庚子，
一夜新年替旧年。
拱手问君何所求，
聊弹破帽换新冠！

2021年元旦

357 / 冬阳

感冒了，吃药，喝水。午后，面窗置躺椅，暖煦煦享受冬阳。心想：不病，无此悠闲；不病，哪知冬阳如此温暖！地名，山南为阳，水北为阳，抑或祖先沐冬阳之体验。

室外风携哨，
天寒数九长。
临窗置躺椅，
假寐享冬阳。

2021年1月10日

358 / 红辣椒

春回大地,找些花盆,播上辣椒种子。浇水,施肥,日日照料。发芽,抽茎,开花,结果。今临寒冬,辣椒上锦,如同小红灯笼高挂枝头,别具一格。人赞腊梅不惧寒,我家辣椒亦傲雪。

春盆下种秋成果,
笑看红椒上锦时。
世赞寒梅香腊月,
家蔬亦有傲雪枝。

2021年1月11日

359 / 仙客来

有花名曰"仙客来"。近养育得法,叶翠盈盆绿,装台似舞池;两朵姊妹花,亭亭立于舞池中央,花艳迷人,但无媚人之念,亦无诣俗之态。花期月半,色未稍褪。红裙翩翩舞,知为谁?

一盆绿叶装台翠,
姐妹红裙相映辉。
冷艳迷人伊不媚,
翩翩月半舞向谁?

2021年1月11日

词章不是无情物

360 / 冰上行

天寒地冻,河封冰厚。女儿带她的两个女儿,去冰上玩耍。小朋友常常仰天摔倒,但却笑声不断,欢乐无比,童趣无边。

裹衣四九河中走,
水冻三尺数月寒。
母女戏冰天性在,
可怜小子屡摔翻。

2021年1月16日

361 / 扬子夕照

吾弟发照片于手足群中,说是秦淮河入江口,在办公室掠窗而拍。日落漫天霞,江流遍地金。吾妻有心,妙手剪裁,宛若一幅油画。我题诗以记,聊抒手足之情。

秦淮客居览千载,
风雨钟山王谢堂。
日暮江关雅兴起,
凭窗妙手剪夕阳。

2021年1月18日

362 / 长寿花

妻爱长寿花,购得多个品种,育出不同花色,有粉有红,或黄或绿。长寿人人盼,花名如晚霞般美好,花色如彩虹般美妙。人于花有情,花便有人情。

粉绿红黄白又紫,
情心胜过水肥功。
花名长寿如霞好,
数色排列见彩虹。

2021年1月22日

363 / 立春

白居易《大林寺桃花》:"人间四月芳菲尽,山寺桃花始盛开。长恨春归无觅处,不知转入此中来。"宋曾季貍《宝应寺》:"檀心素面水沉香,一架清阴满院凉。莫道春归无觅处,春归却在赞公房。"皆云"春归无觅处",皆云觅得"春归处"。而春来亦是有踪迹可觅,有征兆可寻。

柳岸闻双雀,
芽萌恃雨新。
春归无觅处,
踵返隐踪寻。

2021年2月3日,立春

364 / 辛丑除夕

春节,全世界华人的节日。聚亲情,展厨艺;放炮仗,着新衣。拱手拜年,老派曰:"恭喜发财!"新派云:"新年胜意!"更期望:扭(牛)转乾坤,举世"弹冠"相庆!

除夕一夜增一岁,
鼠洞牛栏[1]百变局。
鞭炮如雷天地动,
新冠旧冕入池墟。

2021年2月11日,除夕夜

365 / 山巅树

寒冬之日,树叶落尽,枝枝耸立,若扫天之帚。夜步之时,每每停脚树下,穿枝望天,思绪不羁。

旷野奔牛马,
青峰绕危云。
风来巅树动,
舞帚扫天尘。

2021年2月14日

---

[1] 指由庚子鼠年到辛丑牛年。

366 / 小清河

小清河发源于宛平之九龙山，经丰台、房山入涿州，汇北拒马河，入白沟河，进白洋淀。拒马河者，古代多为中原与北国边界，战事频发。而小清河历史上曾称浑河，因其水浑浊、易泛滥故。20世纪50年代治理而清，为北京一景。大年初四，一家人经良乡大学城去小清河，夕阳，闲云，北风，枯苇，寒水，残冰，虽无春夏盛装，但已透露出春之消息。

清河苇枯风悄软，
水荡涟漪映日寒。
岸畔残冰春兆露，
燕云拒马望向南。

2021年2月15日

367 / 早柳

外出，忽见柳树返青，仿佛看到了春色，听到了春之脚步声。苏轼有"春江水暖鸭先知"（《惠崇春江晚景二首》）句，岂止是鸭，柳亦先知。望江南，也许已春光明媚，榆钱儿都铜钱大了。

万木恋冬梦，
春来柳早知。
寒堤一树绿，
试暖放鸭池。

2021年3月2日

368 / 再吟玉兰

庭院散步,风轻时寒。路旁树木,傲枝举天,仍是冬日模样。细看枝头已有短芽,但在薄霾之中,绿色说有若无。正疑春在何处,一转弯,墙角一株玉兰,花开半树白,令人惊诧,此乃春之妙处!

东风寒乍暖,
树色有若霾。
正问春何在?
玉兰苑角白!

2021年3月8日

369 / 新柳

春分已过,夜短昼长。柳絮飘柔,春风梳弄。得春姿似观楚娘细腰舞,闻春韵方觉天地一时新。

柳絮窈窕舞,
楚腰惯弄风。
春分七日过,
万紫斗千红。

2021年3月28日,北京宽沟

370 / 辛丑春日朱顶红

去冬剪叶冬眠，今春浇水复萌。一开又是艳丽无比。我家朱顶红，年年不负人。一朝艳丽，不求百日；就是人，也不失为一种可取的人生态度。

四季得风雨，
一朝火样红。
心足七日艳，
何求百天盈？

2021年4月1日

371 / 绩溪菜花

因《现代汉语大词典》专家审读咨询会又来绩溪。南边天暖，油菜已结角；北边山寒，菜花仍怒放。一眼望去，天地铺锦绣，人在画中，幻化为画中人。

黄花满坂若油画，
东风就是展彩人。
莫道独恋红并绿，
六色五颜皆成春。

2021年4月4日，绩溪

372 / 新安江画廊

与友人游歙县新安江画廊。山麓遍植枇杷树,月潭、樟潭、绵潭之枇杷最为有名,人称"三潭枇杷",谐音若"三弹枇杷"。不知此枇杷可奏《渔舟唱晚》?深渡码头登船,逆流而上,绵潭江面"九姓祭鱼"表演,樟潭有千年老樟,九砂有徽州古村落。新安江画廊,美若春娘,醉倒了江上客。

三潭枇杷渔舟曲,
五渡游船展画廊。
醉倒新安江上客,
徽州纸墨绘春娘。

2021年4月5日,绩溪

373 / 九姓祭鱼

绵潭江上，表演"九姓祭鱼"：或单人划盆，或群舟合网，或长篙插鱼，或鹭鸶助渔。岸上鼙鼓阵阵，江面群舟穿行。据传，北宋剿灭方腊义军，最后捕获老幼妇孺一百零六人，为陈、钱、林、李、袁、孙、叶、何、许九姓，由韩世忠押解汴梁。船至绵潭，风暴骤起，只得倚崖停泊。是夜，韩世忠梦有道童赐九株人参，"九株"者暗喻九族，"参""生"音似，示意放生。韩世忠遂暗自将人释放，但约法三章：世代不能离船定居。九姓人世代在此捕鱼，据说20世纪80年代，他们还过着"水上吉普赛人"的生活，每次捕鱼前都要祭奠恩公，用九姓方言如泣如诉唱着那"打不完的绵潭鱼"的民谣。

山溪奔聚一江绿，
九姓绵潭演祭渔。
方腊族人千载泪，
悲歌鼓浪景观区。

2021年4月8日，绩溪至北京的高铁上

374 / 稻香湖云景

京西北有稻香湖,因会议而入住湖景酒店。晚饭后散步,夕照霞红,云成五彩。地上灯火相映,如在仙境观天图。迟迟不愿归,归去怕是南柯梦。

云霓五彩调天地,
傍晚灯火艳夜图。
印在心中恒有美,
风来不惧画吹无!

2021年4月14日,北京稻香湖

375 / 谷雨时节

山楂淡雅凌霄紫,
桃叶与花等样红。
鸟恋残枝风厌旧,
春归谷雨绿方浓。

2021年4月20日,谷雨

376 / 暮春

凌霄架下紫鸢盛,
旁有桐花满树情。
一路洋槐香几里,
或闻喜鹊两三声。

2021年4月24日,预防新冠第二针注射留观时

377 / 杨絮

五一假期,与女儿一家去长阳公园。杨絮满天飞舞,覆地如雪。两个外孙女兴奋异常,拾起路边树枝,如扫雪般嬉戏。杨絮轻飏,怎么也扫不成堆,堆不起"雪人"来。

燕山五月风时暖,
蓟水波清日渐高。
杨絮漫天童子闹,
折枝乱舞作雪扫。

2021年5月2日

词章不是无情物

378 / 青杏

杏树枝头,榆叶梅间,小风吹来,竟见青果累累。梅红杏白,花醉游人,仿佛就是前日之事。不经意间,光阴荏苒!然曾经拥有,就不怕失去。匆匆谢了花红,又有果儿青青。

枝头绿叶随风荡,
青杏诱人满口酸。
客醉春芳还未醒,
观花尚在几天前。

2021年5月4日,青年节

379 / 月季与荷花

春花怒放,绿叶细碎,天地就是花世界。春去夏来,花红几点难觅。唯有月季与荷花(水芙蓉),重塑花形象,重现花精神。

迟发细叶当扶持,
艳放春花不谥名。
夏日绿肥红点缀,
玫瑰岸畔水芙蓉。

2021年5月5日,立夏

380 / 香橼

友人送绿植，果如柑橘，汁涩如柠檬。查网方知是，与佛手关系最近。岭南多植，《唐韵》载，"皮可为楱（棕），出交趾"。春来生新芽，出花蕾，数蕾聚团。忽一日，一朵开放，又一朵开放，蕊黄香浓满庭芳，甚是奇异。南国花卉，亦能北养，"橘生淮南则为橘，橘生淮北则为枳"，信否？

坚枝韧叶间生刺，
果状柠檬品味酸。
春暮苞蕾成簇聚，
花开满堂散香缘。

2021年5月7日

词章不是无情物

381 / 悼袁隆平

袁隆平逝世，天下同悲。他，一身农民装束，一生粮食梦想。当年引进红薯，国人可以果腹；而今袁氏稻米，国人可以免饥。有人舔净碗底每一粒米，拍成视频悼念袁隆平，这是世上最佳祭奠！他走了，留下的种子，可以填满天下粮仓。

隆农读近非因字[1]，
饿汉深知稻米香。
碗底清干心悼念，
田播好种是粮仓。

2021年5月22日

382 / 六六感怀

时年66岁，执教45年。疫情两年，聚会不易。师生学缘似血缘，同学们从东南西北，聚于京东之蓝调庄园，举办学术会议。既是纪念，也是学术检阅。

悠悠岁月飞驰去，
六六应称老少人[2]。
懒视漏沙时不计，
难得物我两无心。

2021年6月5日

---

[1] 很多方言，"隆""农"音同；很多人口中，"袁隆平"读作"袁农平"。也许袁隆平就有农业缘。

[2] 老少人：老年中的"少年人"。

383 / 芭蕉扇

电扇发明前,多用芭蕉扇消暑。芭蕉扇又称蒲扇、葵扇,乃蒲葵叶所制。唐代杨巨源《胡姬词》云:"香渡传蕉扇,妆成上竹楼。"唐代皮日休、陆龟蒙《独在开元寺避暑颇怀鲁望因飞笔联句》有句:"烟重回蕉扇,轻风拂桂帷。"《西游记》铁扇公主有"芭蕉扇"。它们并非芭蕉叶制成,为何称"芭蕉扇""蕉扇"?

蒲葵枝上叶,
百姓手中风。
最热三伏暑,
清凉不慕冬。

2021年7月20日

384 / 荷园遐想

圆明园有荷花展。秋前之日来,已是稍迟,荷花多谢,且有枯蓬黄叶。但湖湖荷叶映碧水,清风已送果木香。莫蹉跎!他日寒霜降临,天凉荷残,更辜负时光天物。

夏长花容倦,
秋促果木香。
荷残霜降里,
误逝好时光。

2021年8月7日,立秋

385 / 路苔

小区青砖铺地,花树荫道,景如欧陆。而今年,秋雨连绵,路生青苔,多人滑到,甚或摔伤。而孩童竟然在泥地上争相滑行,一身泥土,童乐无穷。

绵绵秋雨播愁绪,
地缝青苔路色异。
眼见顽童吼比赛,
溜冰演绎成滑泥。

2021年9月15日,原香小镇

386 / 喇叭花

送外孙女去幼儿园。路畔野草丛生,篱笆上开满喇叭花,或紫或粉,朝开暮合,风来影动。从未如此关注过喇叭花,感受其美,拟其所思。而其实,路畔野花,不为人开,不为人舞,枯荣全是自然性情。

秋初雨稠牵牛紫,
路畔野花不为谁!
朝暮风闲随影舞,
难得行者目倾随。

2021年9月16日,原香小镇

387 / 辛丑中秋

夕阳西下,晚霞漫天。月出东方,闲云遮衬。中秋月似储蓄了一年能量,分外明,分外圆。天上人间,景可似同?观者阿谁?

晚霞本是夕阳燃,
月蓄年华十五圆。
凑趣闲云悄掩衬,
人间上界景同观。

2021年9月21日,中秋

388 / 秋分

今日,辛丑年秋分,由夏入秋,一日分出两个季节,"昼夜均而寒暑平"(《春秋繁露》)。雨弄秋声,天地如同水墨画般。此景此情,足令墨客泼墨、诗家吟情。

一天分两季,
暑气化清风。
冷雨秋声里,
多情水墨中。

2021年9月23日

389 / 秋愁

中秋刚过，便是秋雨。"历来诗人爱悲秋"，听窗外绵绵细雨，果然觉得秋能生愁。早过了"欲赋新诗强说愁"的年纪，但还是吟出几句"愁"来。

秋雨绵绵洗旧愁，
旧愁未去又新愁。
人寰满满愁心事，
焉可消愁寄夏秋。

2021年9月24日

390 / 追影子

前几天，我和女儿牵着她女儿的小手去幼儿园。太阳从背后照来，地上是三人长长的身影，似是三代人的写照。外孙女欲踩自己的影子，一挪步，影子也随之而前，数次都不能成功。她改变主意，跨步去踩姥爷、踩妈妈的影子。大人跑动，她叫着追；大人故意不动，让她踩影，她开心无比，童趣无限。

牵手上学堂，
日高影子长。
自身捉不住，
跨步踩阿娘。

2021年9月26日

391 / 故乡秋

假期,姊妹们带母亲回家小住,洒扫庭院,访亲串友。阵阵乡愁涌来。友人也发来他归乡照片,稻禾吐穗,满地金黄,油画一般,并有诗句《回乡》相赠,言说鸟儿叫声也是方言。故乡,不管在那里生活久暂,不管它如何变化,不管探访是否殷勤,都是牵情一世之地。

欲辨孩童凭母相,
熟听鹳鹄带乡音。
十年故地愁一世,
稻染秋风遍地金。

2021年10月5日

392 / 火烧云

北京黄昏,红霞漫天,若仙翁作画。朋友圈照片刷屏,赏心悦目。人云,晚霞本是夕阳燃;或问,谁在人间贩黄昏?

日坠红霞染,
熊熊似火焰。
九霄谁作画?
布展晚秋间。

2021年10月10日

393 / 重阳登高

刚过寒露,今又重阳。百花凋零,或化为染色剂,把秋叶染黄染红,彩绘万山。重阳登高,晚秋气象,亦有可赏,不必因近冬而忧。

寒露花凋谢,
化身染色盘。
黄红林上锦,
彩绘晚秋山。

2021年10月14日,重阳节

394 / 悼章太先生

今日零时,陈章太先生与世长辞!这是一个多么令人伤心落泪的消息!章太先生早年研究方言,特别是关于北方话词汇的研究,实乃此领域扛鼎之作!先生从社科院语言所衔命调来国家语委,主持新时期国家语言文字工作,拨乱反正,操盘建业,推动国家语言文字事业迈上法制化和规范化、标准化、信息化的新台阶。先生立足中国大地,致力于语言应用、语言规划研究,热情支持语言生活的各种学术活动,创宗立派。先生培养了一批应用语言学专业博士生,立德树人,桃李满天下。先生高风亮节,乐于助人,无数学人得其助,有口皆碑。而今,先生永别,天人两隔,但其精神不逝,其学术成果是连接天人两界的桥梁!章太先生,千古!

秋寒焉使人心颤?
驾鹤仙翁惜别情。
政业学术石刻久,
狂风袭面泪双行。

2021年10月17日

395 / 北京秋韵

由小区黄叶想象香山红叶,长城雁阵,北地秋色。花谢更知菊花艳,禁足更知远足贵!

彩绘香山树,
云寒早雁鸣。
花残菊更艳,
秋色染霜京。

2021年10月30日

396 / 临窗望雪

一夜大雪,天地洁白。友人发来她的诗配图:"玲珑白玉城,残叶送秋声。瑟瑟枝头鸟,迎风向雪鸣。"又发一幅雪地图,仅有一行脚印,寓意无穷。我问:"一行脚迹,人去何方?"友曰:"欲听踏雪声。"之后又有新诗飞来。我伫立窗前,远眺天地,品味着友人的诗、言、图片……

白雪一夜送秋去,
万事千情尽掩平。
伫立楼头观远近,
疑闻树鸟惧寒鸣。

2021年11月7日,立冬

397 / 植菊自赏

上个月自吟:"花残菊更艳。"吾妻"花痴",竟网购数株菊花,有黄有绿有红。立冬之日,花株到家,带着"老娘土"。选盆栽植,封土浇水,次日便舒展起来。喷水成雾,花鲜叶翠。日日打理,枝盛蕊长,摆出图形,自诩"菊展"。现出门不便,窗前赏花,亦可悦心。

爱菊锦语如花艳,网购数株胜耳闻。
老土包根蓄底气,新风垂露润精神。
晨光吐蕊三秋色,傍晚承霞四面焜。
户外天生千百态,窗前造景娱心身。

2021年11月18日

398 / 祭父

农历十月十九日,是父亲忌日。转眼已别四年,事恍如昨。虽天人两隔,但父亲音容笑貌时在眼前。孝父之心,只能聚在母亲一身。

春秋四载别离久,
父影时时驻我心。
酒肉虽香难尽孝,
倾神聚力事娘亲。

2021年11月23日

399 / 别秋

秋叶斑驳，有黄有红，万花凋谢，彩叶补缺。然今年冬早，大雪掠叶，天地空寂，枝头秃枯，真是"白雪一夜送秋去"。秋景易逝，更盼春花。

五颜六色燕山树，
万户千家竞赏秋。
好景一夕忽逝去，
风雪掠叶枯枝愁。

2021年11月25日

400 / 蟹爪兰

蟹爪兰属仙人掌目仙人掌科,产自南美,花语为"鸿运当头"。春得一盆,平淡无奇。去年开花,方知其妙,用心养护起来。青枝扁扁,节节垂下,犹如蟹爪。秋末冬初,爪尖萌蕾,由小变大,数日绽放,朵大色红,惊艳谁比?捏铁丝为花架,将花枝细细编排,一盆花宛若一盏火红宫灯。提将起来,或可照人心路?

枝如蟹爪仙人相,
甲尖悬垂艳蕾花。
理作灯笼工匠手,
高提照路走天涯。

2021年11月28日

401 / 七七高考

邓公复出主持工作，拍板恢复高考。1977年12月8至9日，河南70万考生步入考场，1.3%的人被幸运录取。杜冠章、关少锋两同学先后晒出当年试卷，作文竟写得文采四溢、激情澎湃，有立马可待之才，配冠章、少（年先）锋之誉。老同学们分享当年喜悦，沉浸在44年前回忆中，又作诗填词，狂发旧照，方知老夫真发少年狂！那年全国报考570万，录取27万余。后又有78级和79级（部分），形成中国高教史奇观。某个历史时刻甚或是带有偶然性的决定，能更乱序回常规，改变百万人命运，甚至改变国运，言不妄也！

七七大考惊天地，转瞬四十四载前。
试卷同学争补记，功业后代再评谈。
邓公胆识千年远，华夏乏人万事难。
国运常由一刻定，谁说往事淡如烟？

2021年12月8日

402 / 高山杜鹃

杜鹃花有百余种,高山杜鹃、马缨杜鹃最为名贵,还有各种美人别号。友人送来一盆,枝叶繁茂,花蕾如蕉。一夜开放,花容若绣球,竞牡丹,满室惊艳,可谓人间仙葩!

红花总有青枝挺,
容似马缨竞牡丹。
物语言辞凭我写,
方知名卉育高山。

2021年12月20日

403 / 茶花吟

茶花生南国,北地不易养。精养照料一年,半树花蕾。冬至刚到,春日尚远,却一朵咧嘴,数日艳放。花片百层,粉嫩足怜。恰几位女弟子来家,与之合照,人面茶花相映,情趣无限。次日晨时,忽见华英凋落,必夜寒所致,甚是心疼。记起白居易《简简吟》句:"大都好物不坚牢,彩云易散琉璃脆。"此后每晚移花室内,中午再移出沐阳,以期再有满树茶花。

茶花一朵千层粉,
人面同框镜映羞。
北地寒袭英竟落,
红颜好物不长留。

2021年12月25日

404 / 减负

2021年敛去最后一缕晚霞，将填得满满腾腾的月历收去。格格页页都是用心用力做的事事情情。弟子欣路微信劝我："记得三年前您腰疾住院，康复期间您就有给自己'减负'的打算。但三年时间过去，我们却好像看到您越来越忙，自己休养身体的时间不增反减……关键是您自己还是要开始真正把自己当成老年人，真正开始'哲学'而非'实干'的人生阶段。"此言在理，是得认老减负了。

月历天天满，
一年转瞬间。
减负真认老，
纵目见南山。

2021年12月31日

壬寅清歌

/ 2022 /

2022年，最后一片夕阳逝去，带走了一切故事；2023年，最初的一抹彩霞出现，带来了一切可能，包括希望、想象与幻想。壬寅年是我的诗歌小年，缀辑起来，名为《壬寅清歌》。名为"清歌"，名不副实也！记于2023年元旦。

405 / 茶花再吟

少读杨朔《茶花赋》,深受其诗般语言影响,然茶花生南国,其美只在想象中。去岁,友人送一盆茶花,秋末,结满花蕾,双伴而生。渐大,泛红,咧嘴,开放,一树茶花竟艳若春桃,惊羞海棠。照片群发,呼友赏春,其实是珍惜自己劳作而已。

辛劳四季不冤枉,
一树茶花惊海棠。
蓟北寒风凋百卉,
呼友腊月赏春光。

2022年1月9日

406 / 天花板

久患腰疾,医嘱少坐。口诺唯唯,忙时又作耳畔之风。近腰疾复发,真乃小惩大戒。只能卧床,久视天花板,茫然中,纹缝尘色竟幻作江山画图。

腰疾卧看天花板,
隙缝如江色是山。
体拘床榻心万里,
平生厌作应景篇。

2022年1月17日

407 / 雪

辛丑大寒日,预报有阵雪。卧床省腰力,枕边书伴眠。忽听家人喊大雪,张目望窗外,果见漫天飞雪。北国风光,启人无限想象,造自己之"元宇宙"!

风息树窒云垂地,
危处灯警世不觉。
病卧寒楼书伴枕,
隔窗喜看漫天雪。

2022年1月20日,大寒

408 / 佛手

友人送来一盆佛手,硬枝如棘,绿叶片片,佛手果实真若佛手一般,金黄芳香,送呈吉祥。

佛手柑橘属,
消灾四季祥。
一盆植窗下,
满室沁芸芳。

2022年1月24日

409 / 乡愁

新年将至,乡愁浓浓。何谓家乡?远山地貌是家乡轮廓,小河田亩是家乡风光,祖宅、老树、小桥、牲畜、鹳雀、街市、乡校、玩伴……是家乡记忆。然旧物几存?熟人余谁?唯乡音、口味、父训、歌谣,这些口耳所涉者,永难丢失!概言之,舌头即乡愁。

年关最念桑梓地,
水井家宅小木桥。
旧物熟人存几许,
乡音口味老歌谣。

2022年1月27日凌晨

410 / 新年吟

腰扭伤18天,今日挂杖外行。腰者,要也,腰有疾而行事难。新年微信多,千巧万妙,为的就是一声问候,一片情谊。人生在世,总要做点事情,做成做不成另当别论。人到老年,也要帮帮人,帮成帮不成亦另当别论。

挂杖方知腰重要,
年节更懂友情深。
做一小事也当事,
能助人时且助人。

2022年2月2日

411 / 再游青龙湖

大年初二，一家人驱车又到京西青龙湖湿地。游人老幼成团，看得出是一家一家的春节团聚模式。杨柳岸芦苇摇风，飞絮片片，团团落在路边枯草上，颇似春日杨絮。远处坚冰正融化，波光粼粼，野鸭在寒水残荷中竞游，仿佛也有组织。夕阳西照，冰上一层薄雪，男女老少冰上嬉戏，各有其才，各展其长。推妻坐电动轮椅上冰，家人惊呼，游人惊讶，好一个冰上来客！

堤边芦穗风飘絮，
远处寒鸭水戏荷。
冰上轮椅惊看客，
夕阳冷影动心歌。

2022年2月2日

412 / 立春感怀

万木冰枝凛，
风雪透骨寒。
立春人唱喏，
节气是预言。

2022年2月4日，立春

413 / 夜步

弯月楼头坠,
寒天辨远星。
清心独夜步,
路叟论滑冰[1]。

2022年2月5日

414 / 情人节

漫天大雪,天地皆白。地上一行脚印,延伸到雪野远方。孤行者曰,只为踏雪走冬原。

新年又嵌情人日,
鸟雀惧寒兽隐踪。
脚印一行何处去?
为听地上踏雪声。

2022年2月14日

---

[1] 北京将举办冬季奥运会,人人都有了冰雪运动的热情。

415 / 春苑晚坐

坐春苑,沐春风,听鸟语,悟人生。儒释道者,皆觉悟之舟也。

榆叶梅红柳色鲜,
枝头雀语唤儿眠。
风香晚坐庄禅儒,
影淡天空月作船。

2022年4月4日

416 / 壬寅清明

清明,慎终追远。望天祈雨,浇灭疫病;顾影思往,风吹泪眼,往事如烟。尽管天晚霞淡,但新月如眉,引人浮想联翩。

清明慎远祈天雨,
泪眼吹风故影飞。
人老常然思过往,
云昏霞淡月如眉。

2022年4月5日,清明

417 / 惜花

夜步小苑，熏风拂面。玉兰铺地，丁香扑鼻，树萌新芽，枝影交叉摇曳，透出天边新月。天气变化快，昼夜温差大。片刻宁静，何其奢侈！

丁香沁径风拂面，
老树新枝透月牙。
昼暖夜寒衣数换，
时局百变更惜花。

2022年4月8日夜

418 / 柳梢月

漫步小园，见月上柳梢，顺口吟起欧阳修之《生查子·元夕》。今时之月，是否还能照到当年元夜相约之人？我距文忠公已有千载，为何还能同频共情？是景，是诗，是人，是情？

柳梢头上三春月，
应照元宵傍晚人。
美景诗情相衬映，
共情千载是何因？

2022年4月16日

419 / 飞絮

柳絮飞，落花飘，如诗如歌如舞，都是春风杰作，仿佛春风谙熟诗韵歌律一般。春图好看，但若置身景中，眼面领颈多有不适。风口尘起，忆似少年时，骑枝为马，风驰乡间土路，甚是威风。

飞花柳絮如娥舞，
四月春风懂韵书。
骑帚少年结队去，
烟尘滚滚隐身无。

2022年4月16日

420 / 谷雨

谷雨是春天最后一个节气，后面就是立夏。其前都是红肥绿瘦，花红叶细，而今则是大地绿遍。家人不知物候变化如此之快，去海棠花溪赏花，看到的竟是棵棵绿海棠。

新红俩月染春裳，
细叶栉风沐暖阳。
游园不见花千树，
大地三天尽绿装。

2022年4月20日，谷雨之夜

421 / 桐花

久未出小区,道路竟然拥堵起来。车堵心不堵,疫情在好转。道旁树绿,慢慢后退。忽有一树桐花闪入眼帘,紫烟半亩,悦目更赏心。

堵车亦有幸福感,
疫后心情变景观。
绿树迎来红退后,
桐花一树紫生烟。

2022年4月21日

422 / 凌霄

夕阳西下,小园木架上,忽见凌霄花开,淡紫红色,带着几分潇洒。轻风送来淡淡花香,诱人做深呼吸。凌霄花开,春将去矣!忽生惜春之情,感叹春日太短。

架上凌霄紫带红,
黄昏漫步小园中。
花香似有随风淡,
转瞬春归怎觅踪?

2022年4月21日

423 / 暮春之夜

暮春，虫鸟鸣唱，熏风合奏，曲意似乎是叹春去太急，惧夏日炎热。何能会此意？其实，万物有灵，鬼神故事，皆人类思想情感投射，所谓"翻唱"世俗之歌而已。

鸟虫乐奏风识谱，
惧暑伤春慕雨荷。
万物情仇神故事，
无非翻唱世人歌。

2022年4月25日

424 / 花色

去北京国二招宾馆，参加国家应急语言服务团预备会。两年辛勤，终有所成。看大地春图，过去之花多艳红，春日因此而艳丽。而今，树花改色，泡桐、凌霄红中带紫，洋槐、山楂花色洁白。新妆再试，春容重扮，时令更换。

春暮红花隐，
风香绿叶长。
桐槐更色调，
万木试新妆。

2022年4月27日

425 / 栀子花

南国盛产栀子花。4月末5月初，阶前路旁，花儿盛开。人们清晨起来，撷芳挂胸前，以驱汗邪。女儿知我心，今春买来一盆。置之阳台，精心照看，竟然开花，荷花一般，香如南国。

名字实难认，
花开似玉白。
异香驱百味，
晨起任君采。

2022年4月29日

426 / 观天

闲观长天，云霓万千。或猫或狗，似是而非。三分云图，七分说辞。风吹云散，转眼皆失。

云生故事演长空，
虎豹龙蛇眼幻形。
似像还由心补绘，
风来万态尽失踪。

2022年5月17日

427 / 黄河

黄河九曲绕千山，
缓湍清浊奔海天。
笑看苍龙逆水上，
难穿浪底孟津关[1]。

2022年5月20日

428 / 六七自寿

六十七岁生日将至。人步入老年，但心仍年轻，似乎无所羁绊。不大信养生之法术，亦不用养生之药膳。最在意者，草木三秋人一世，世间何物可存留？

六七岁月人称老，
自省仍怀不羁心。
莫问丹石生永久，
千年何物可留存？

2022年5月28日

---

[1] 小浪底水利枢纽是坝址所在地，南岸为孟津县小浪底村。

429 / 新爱莲说

春日种藕于阳台，竟然能够发芽、成叶，荷伞高擎，风来瑟瑟似吴歌。不知能够开荷花、结莲蓬否？

惊蛰压藕入新盆，
月半尖荷水映春。
夏日红蕖擎伞叶，
高台自在看浮尘。

2022年5月31日

430 / 六一节

孩童与我同节庆，
老丈常怀赤子心。
早晚成霞皆灿烂，
余年续写汉唐文。

2022年6月1日

431 / 买花

傍晚陪妻散步，路边有贩花夫妇，殷勤揽客。有盆绿叶白花，贩嫂说是"云吐珠"（其实是"龙吐珠"）。我问花期多长，贩嫂信口开河，说可以开到十月。我与妻耳语，没讲价买了一盆。贩花夫妻殷勤相送，心中还不知怎么笑我。

贩嫂声甜诱路人，
花情信口不经心。
一盆我买她归早，
端午聊添几片云。

2022年6月2日

432 / 山水画廊

与女儿一家，自驾游延庆百里山水画廊。云中山路，百回千转，惊心动魄；飞瀑如布，水边捞鱼，与孩童嬉戏，老叟还童。四季花海，有马鞭草、醉蝶花、球菊花。人立花中，心花绽放，世间愁绪，一时全无。

山深天更近，
水浅鱼激欢。
百里云中路，
画廊花海间。

2022年8月8日，延庆静隐于市民宿

433 / 龙庆峡

晨雨初晴，游龙庆峡。坝高70米，依山合峡而建，1973年开工，1979年竣工。钻入龙形隧道，妻坐轮椅，儿孙护佑，乘滚梯而上，再登游船。峰峦环列，倒映入水，时见南国之秀，时显北方之雄，开阔与幽深兼具。船行一曲，自出一景，伴着神话，听人兴叹，真如置身世外异境。

碧水凝湖镜，
新舟绕画山。
风吟三代乐，
日丽祖孙欢。

2022年8月9日

434 / 奥海风荷

久未来奥海，处处都新鲜。练走者汗湿胸背，暑气仍在，虽然明日就是处暑。荷塘晚霞，人争拍照，生怕再被禁足。风吟荷叶动，似有吴歌敲船声，原是路边喇叭。

夏逝留残暑，
秋生布彩云。
荷塘风唱晚，
细品带吴音。

2022年8月22日

435 / 过武胜关

武胜关古称大隧,"车不能方轨,马不能并骑",屏中原,控南北,分豫楚。京广线建成,南北天堑变通途。几十年前,由武汉回河南老家,常经此地;忆古思今,每过必激心动魂。今去武汉,又经此地。夕阳西下,山梁上耸立一座座风力发电机,新理念的风景线。

武胜大隧分豫楚,
风云万载动心魂。
山梁风电今林立,
又与天公近几寻。

2022年9月20日夜,华中师大桂苑宾馆

436 / 怜母

母病武汉,千里探望。亲人似识似不识,不停唠叨的是"回家",声声唤的是儿孙。七天倏忽而过,26日晨含泪回京,看朝霞竟如此灿烂!我问朝霞,你能染美天下,也能让我母亲心智再明、康复回家否?

昼夜难分脸半认,
"回家"絮罢唤儿孙。
朝霞灿烂如常日,
怎再启明老母心?

2022年9月26日,回京高铁上

437 / 秋日晨行

到商务印书馆参加新时代语言文字高质量发展论坛。朝阳应悦目，秋风应宜身。街头老槐树，王府新门楣。良晨美景，然心绪总如雾霾般低沉，脑中全是病榻老母的呻吟……

王府新楣存故事，
街头老槐透朝阳。
秋高气爽心霾重，
摄我魂魄是老娘。

2022年9月29日

438 / 立冬

晚秋冬初，叶呈五色。寒风摇树如抚琴，洒落一地金黄。历来诗人爱悲秋，若岁之将尽，人之将老。其实，秋阳还暖，秋风还爽，秋果正香，如老年前期，身体尚好，钱袋尚饱，无拘无束，自由任我。秋色霜叶，青黄红褐，可与春花媲美。

彩绘山川秋满地，
风抚万木慰征人。
立冬好似身初老，
霜叶不输二月春。

2022年11月7日，立冬

439 / 秋枝

某友发来几张秋日照片,叶落树秃,枝枝杵天,说"秋天是见骨气的季节"。的确,黄叶铺地,长戟指空,罹寒境而显骨气!此乃秋也!

霜雪夜袭天寒透,
黄叶飘零万木稀。
逆境秋枝真骨气,
中原树树树长戟。

2022年11月10日

癸卯心迹
/ 2023 /

诗乃韵文日记，观之可窥心迹。2023年，农历癸卯之年，五彩斑斓，五味杂陈。选50首习作，结集为《癸卯心迹》，以辞旧岁，以迎新年。记于2024年元旦。

440 / 癸卯除夕

易中天先生出上联"岁尽奇寒春乃近",征集下联。周荐先生秒对下联"更深至暗日方新",可谓至对。接着友人争相对出"人濒否极福才来""年来渐暖福尤长""梅开瑞雪日又新""年消大疫健方临""元初渐暖万象新"等。在这虎归山林、兔跃东岗的新旧换岁之际,旧年无多眷恋,但对新年则稍有期待,人心有慰。

岁尽奇寒春乃近,
更深至暗日方新。
虎退余威归泰岳,
兔得灵药沁人心。

2023年1月21日,除夕

441 / 大叶九冠花

方方的鱼缸,为寒舍一景。春日植入些水草,再放些鱼虾蟹螺,俨然一方水上世界。虾蟹不久消失,然鱼儿活跃,游弋其中,时隐时现。开灯喂食,鱼贯而来,为童叟添乐趣。春节前后,一株大叶九冠,突然抽茎开花,白花黄蕊,一朵一朵,或潜水中,或浮水面,开开谢谢,谢谢开开,延时月余。水草竟在鱼缸中开花,给这个异常寒冷的冬天,带来点春气息。

心闲斗室可宅久,
水暖鱼儿愿作家。
目敏随时能见趣,
缸中水草竟开花!

2023年1月22日初稿,29日定稿

442 / 雨水日抒怀

自去年7月以来,各种磨难接踵而至,犹如阴霾盖顶。期待天地放晴,心厅敞亮,还故我生活。

阴霾如盖悲情重,
雨水长空不放晴。
有待天蓝春日好,
心花可比杜鹃红!

2023年2月19日初稿,24日定稿

443 / 惊蛰

探母病去武汉，过武胜关。见山中片片早樱，或是山桃，报告春消息。夜宿东湖，晨立阳台，清风拂面，鸟语声声，似唤娘亲。今日惊蛰，应有春雷醒万物、除阴霾，天地重抖精神。

晨曦雏鸟唤娘亲，
游目早樱见远林。
忽起雷声惊万物，
春回大地又精神。

2023年3月6日惊蛰，武汉东湖

444 / 春华

中午，荣军医院老年科外，小园有美人梅者，花瓣般开放。梅为冬花，春花将接踵竞发。母病稍有好转，我晒着太阳，观花容闻花香，心情也稍有好转。

春花踵步冬花放，
杏粉桃红李树白。
纵使长疫人郁闷，
心花再绕百花开。

2023年3月6日

445 / 午间打盹

竹林间，小凳上，春阳晒得浑身酥软。半年来的母病，导师邢公的病衰与仙逝，三年疫情的起伏及突然放开后的磨难。磨难磨人，年老更甚。而这些也不过就是人生的几片云烟而已。

定坐幽篁里，
心游四海间。
悠悠生老事，
宇宙几云烟。

2023年3月7日

词章不是无情物

446 / 六八自寿

日前,周荐兄有《贺宇明大兄六八满寿》赠我。美词满篇,情谊倾心,我很感动。人生不易,但庚信文章[1],老来更成。虽已过知天命、耳顺之年,知学林庙堂,历世态炎凉,也许更能思考人生、科学终极之事。若身心未严重衰退,也许可再制彩卷,再著佳文。

长天铺纸川研墨,
晚景文章庚信难。
耳顺知天[2]终极事,
人生再制彩图卷[3]!

2023年3月8日

---

[1] 庾信之文学成就,南北朝期间除鲍照外,几乎无人能比。其晚年之《哀江南赋》,写尽南人入北之士的"乡关之思"。杜甫《戏为六绝句》:"庾信文章老更成,凌云健笔意纵横。"

[2] 子曰:"吾十有五而志于学,三十而立,四十而不惑,五十而知天命,六十而耳顺,七十而从心所欲,不逾矩。"(《论语·为政》)

[3] 宋代之前的图书,多是卷轴式。故用"彩图卷"表示可存册之精彩书卷。

447 / 癸卯春分

去北京会议中心开会，纪念北京市教育系统关工委成立30周年。玉兰、晚梅是早春颜色。枯枝林中，钻出几树翠柳，新绿夺目。鸟语声声，是春日的早歌，呼唤着百花竞放的时节。

寒天暖景兰梅染，
柳翠林梢触目新。
老树枝间鸣雏鸟，
棉衣甩去到春分。

2023年3月21日，春分

448 / 沙尘暴再叹

昨日清明天，今日沙尘暴，变天如变脸。黄沙蔽日如黄昏，眼耳鼻口皆蒙尘。起沙暴是风，止沙暴靠风。行人匆匆，不忘议论北京蓝……

黄沙扑面尘糊口，
白昼黄昏一瞬间。
天气凭风吹好坏，
行人议论北京蓝。

2023年3月22日

449 / 咏柳

冬日落叶最晚，斗风傲雪，不忍寒天太单调。春来发芽最早，鹅黄新枝，阳光下，轻风里，花丛中，翩翩飘舞，轻盈，随性。而我腰疾复发，夜不安眠，慕柳之婀娜多姿，口占四句。

罹冬叶落争莫后，
万木迎春柳占先。
杏李花丛飘绿絮，
听风意随舞蹁跹。

2023年3月29日凌晨

450 / 岁月

友人来家，说我不显老。是的，不记年龄，就添年不添岁。而岁月不虚度，又何惧添岁月？

累月不增岁，
人生我忘龄。
时光虚度否，
岂怕日乌行！

2023年3月29日

451 / 春光

妻骨折三月有余，我腰疾复发卧床。今有好转，午后携手小苑，不负春光。天蓝如洗，春风拂面。云片如鸢游弋，云影时时变幻。风摆柳絮舞，花儿蝶般飞。枝头喜鹊，树间飞禽，鸣谈着春故事。

天鸢游弋太空中，
春日从来不欠风。
云筝渐变千模样，
柳摆花飞鹊对鸣！

2023年4月7日

452 / 仲春花相

以为是海棠，人说是晚樱。满树皆花，突觉春之奢侈。丁香之味难称香，记得古书有"其臭如兰"句，也便释然。杨柳飞絮，风团起，若猫玩线团。或许织女手巧，可纺絮为线，制作春衣。

日照晚樱花满树，
丁香似帚味奇异。
绵茸柳絮风团去，
织女收来巧做衣。

2023年4月9日

453 / 杖行

腰疾复发，持杖而行，人变"三条腿"。幼壮老衰，若一年四季，皆有景色，皆有其美。人生不仅要度过，更需品味。

复患腰疾持杖人，
谑说两腿变三根。
劝君莫叹身衰事，
四季人生仔细品。

2023年4月17日

454 / 登太平顶

五月下旬，应香港中华书局之约，来港讨论中小学普通话测试。登太平山，故地重游，再眺香港容貌。然而竟漫天迷雾，隐隐约约，百步之内，不辨景物。摩天高楼、维多利亚海港，全在迷雾之中。凌霄阁里，一杯咖啡，占卜般指指点点：上环中环、九龙红磡……待晴日，清风起，再来登山，观名胜，睹真颜。

太平顶上神仙雾，
港景隐约有复空。
指辨街楼若占卜，
晴风起处现真容！

2023年5月25日，香港北角海逸酒店

455 / 小苑独坐

假期回学校会友,早到,独坐小园。曲木蛛结网,碑石苔饰文。飞云闲散,日光漫射,只是蝉鸣声声,显得烦躁。明日就是立秋,心静消暑,不待秋凉。

枝头蛛网风吹破,
文字碑石伴绿苔。
坐看飞云闲不住,
蝉声灌耳唤秋来。

2023年8月7日

456 / 喜闻《语言战略研究》入C刊

四十五卷八年路,
铁马高歌踏万川。
顾往多方皆喜报,
瞻前更有数重山。

2023年8月17日

457 / 贺潘文国教授八十华诞

人过六十自古稀，
增添廿岁更欢怡。
等身著作心随欲，
米寿茶香乐太极！

2023年8月19日

458 / 小苑拾趣

小苑漫步，池边柳槐皆园艺巧作，体现着匠人心。对对鸳鸯，池中戏水，引来众人观赏，艳美。手机拍照，观者入镜，成景中人。人世间亦常如是，我观世景，亦是世景之物。

池边曲木知园艺，
基干沧桑冠叶新。
戏水鸳鸯引众目，
观光反作景中人。

2023年8月21日

459 / 悼侯精一先生

8月21日，暴雨转晴，雨住风和。深夜，网上忽然传来侯精一先生逝世的消息。风流倜傥、翩翩儒雅的侯先生，走了？走了！侯先生一生致力于方言研究，特别是对晋语的研究、对方言语料库的建设有开创之功。我国那一代的方言学家，不仅研究方言，而且也都是推广普通话的骨干分子，方言和普通话就像是一条扁担上的两只箩筐，一肩挑起，一路向前。侯精一先生曾担任社科院语言所副所长、《中国语文》主编、中国语言学会会长等重要学术职务，为语言学的发展做出了重要贡献。他晚年仍然心系国家语言事业，是我国"有声语言数据库建设"和"语保工程"的重量级专家，是2013年成立的"两岸语言文字交流与合作协调小组"副组长。辗转反侧，不能入眠。口占四句，为精一先生送行。

知君驾鹤欲西行，
雨住风和万里晴。
方言推普一肩事，
晋语研究建首功！

2023年8月22日零时

460 / 秋雨

上午，参加人民教育出版社辞书编研出版七十周年座谈会。8号立秋，昨日处暑。入秋便凉爽，细雨不阻行。车水马龙，街伞成景。未带伞者，衣帽亦可遮雨赶路。秋，收获的季节，忙碌而喜悦着。

树静云低细雨飘，
满天暑气顿时消。
街头百伞成一景，
举帽遮颜过小桥。

2023年8月24日

461 / 病榻娘亲

母亲卧病一年，弟弟妹妹相继到武汉看望老娘。娘虽认不得儿女，但与娘击掌或做"逗逗飞"游戏，娘仿佛还有感觉。这都是童稚时期，母亲哄孩子的游戏。娘的老手抚摸到弟弟下巴的胡茬，竟有感知，说"涩"。视频发来，我与家人泪流不止。子孙，就是垂老母亲那生命的昏暗夜空中的最后几丝星光！

幼小娘疼我，
而今我哄娘。
歌谣襁褓调，
击掌仿儿郎！

2023年8月24日

462 / 校友小聚

华师校友小聚。讲"爱在华师"典故，忆当年趣事，笑声朗朗。相约十月校庆，母校再聚。

秋风伴友身心爽，
旧事陈年赚酒浆。
置腹推心长夜短，
邀君再醉桂花香。

2023年8月26日

463 / 第39个教师节抒怀

风抚万木结硕果，
收获时节遍地黄。
桃李满园枝叶散，
厅堂佳日尽芬芳。

2023年9月10日

464 / 秋色

清晨，去海南琼台师范学院参加邢福义学术陈列室揭牌仪式暨学术研讨会。一早起床，朝霞满天，大地着浓妆。飞机上鸟瞰大地，美不胜收，比登高望远更胜一筹！

一天最美是朝阳，
万水千山着彩妆。
斑斓秋色宜高瞰，
心阔可将大地量。

2023年9月12日，飞海口途中

465 / 琼台师范学院感怀

琼台师范学院前身是琼台书院，为明代武英殿大学士丘濬1705年创办，文润海南。此前之1097年，苏轼被贬儋州，开办学府，讲学明道，开化海南。吾师邢福义先生，从琼台走出，成家立派，为海南又一座文化山峰。

琼台三百载，
文雨沐椰风。
丘濬东坡后，
邢公再立名。

2023年9月13日

466 / 邢福义铜像揭幕

琼台师院邢福义学术陈列室，四周是先生著述，中间是先生半身铜像。学术陈列室揭牌仪式上，也为先生铜像揭幕，为陈列室牌匾揭幕。先生教书育满园桃李可谓立德，建立语言学系、语言研究所可谓立功，著作等身可谓立言，真"三不朽"。

一世问学身铸铜，
士人膜拜享尊荣。
不因传统师徒训，
概是先生不朽功！

2023年9月13日

467 / 影阁即景

公务毕，夜幕降，至友人家夜话。长堤围海，秋池微澜。拉索桥耸立，张灯结彩。高楼数座，画屏装饰，播放着椰风海韵图景。人立顶楼，如在仙境，与秋月闲云为伴。友人将其阁楼命名"三景阁"，"三景"即"影"，谑曰"影阁"。

大厦高楼作画屏，
长堤桥索挂红灯。
一池海水秋波碧，
天近云闲夜月明。

2023年9月16日

468 / 新书发布会感言

外语教育与研究出版社召开语言与文明论坛,并有拙著《一言一语总关情》新书发布会。社长王芳女士、北京外国语大学领导胡志刚先生、乌兹别克斯坦国立世界语言大学执行校长Kulmatov Baxrom Gulyamovich教授站台揭幕。友人索签名,捧卷合影。不负青灯黄卷,亦感谢出版人、编辑者。

一言一语总关情,
徽墨新香溢满庭。
世上文人风雅事,
华章刀笔伴青灯。

2023年9月16日,外研社新书发布会上

469 / 夜雨

抱枕听风雨,
似闻稼穑声。
秋冬仓囤满,
百姓岁安宁。

2023年9月20日

470 / 秋绪

回想岁初，路上寻春，枯枝林中几树柳，玉兰晚梅染春色。而今倏忽中秋，百花不见或成果，木叶青黄变换中，又一个四季轮回。沐我者，或是汉风；照我者，或是唐月。四季枯荣，春秋迭代，皆转眼之间事矣！

年初客路寻春兆，
转眼中秋叶渐黄。
四季荣衰一瞬事，
风吹秦汉过隋唐。

2023年9月27日

471 / 家乡美

参加华中师范大学120年校庆，从武汉乘高铁返京。经驻马店附近，习惯性注目西方，那是老家的方向。天呈五彩祥云，时如翔凤，时如奔虎。阳光穿过，五彩斑斓，照耀着沃野千里的青纱帐。望天地云霓，浮想联翩，不停临车窗拍照，直到郑州，金灿灿的夕阳落下山去。

棉花玉米青纱帐，
五彩祥云幻凤凰。
沃野千顷秋日好，
豫南就是我家乡。

2023年10月4日

472 / 老友家聚

过了中秋、国庆,约故友家叙。畅谈20年故事如昨,酒醺忘酒量,畅饮不知醉。日久见心,夜深方归。

经年老酒醇,
岁月最知心。
秋夜畅怀饮,
星辰慕世人。

2023年10月7日

473 / 秋叶锦

重阳节前,天蓝如碧。秋叶上锦,山林织锦。春日,百花万紫千红;秋天,万木五彩斑斓。各得其韵,各有其美。人近七十亦如秋,虽无少年时之风华,但也有秋叶般之绚烂。吟《秋叶》句,以迎重阳。

天蓝适看秋光影,
五彩斑斓飒飒风。
叶染青黄红紫色,
堪同百卉比春容。

2023年10月21日

474 / 书签

风撒秋叶，地铺叶毯。一叶经年，得春风之润而翠，得夏雨之洗而盛，得秋霜之染而呈五彩。岁月人生，亦如木叶。选几片有形彩叶，夹入正在翻看的《史记》中，成标本，作书签，存记忆。

山林染色秋霜里，
彩叶招风顺地翻。
观景常参人世理，
拾回数片作书签。

2023年10月23日

475 / 哭母

11月4日晚，母亲病故。5日女儿陪我赶回老家。夜晚守灵，不能合眼。母亲几十年的生活，如电影般在脑屏播放。母爱母育，是我最重要的人生财富。父母之恩不能再报，但满门子女都为人正派，业有所成，亦是报恩。

育我七尺硬骨身，
养儿百丈驭云心。
深恩未报仙行去，
祭告一门正气人。

2023年11月5至6日

476 / 兰花鞋垫

母病前,戴老花镜,一针一线给我纳了两双鞋垫,中间还绣有兰花图案,堪称东方工艺品。我一直珍藏,舍不得用。慈母手中线,游子身上衣。而今母逝去,这便是我的传家宝:身正脚稳,走好人生路。

鞋垫一针一线纳,
中间绣上俏兰花。
香滋双脚根基稳,
迈步天涯路不滑。

2023年11月6日

477 / 旧居秋晨

料理完母亲后事,准备回京。清晨,弟弟妹妹们忙碌着。我独坐一旁,望着自己当年种植的家槐树,合抱粗,荫半院。还有奶奶手植的石榴树,父亲手植的桂花树……生于斯长于斯的农家院落。我自何来?我根何在?

清晨独坐老家院,
乡树秋风辨鸟音。
年长方知亲故里,
儿时教化益终身。

2023年11月7日

478 / 金菊

上网买来即开的菊花，植入花盆，细心料理。不久便吐出新蕊，伸展出无数金黄菊绦。晨曦中，花色炫目，花姿绰约。菊显珍贵，不仅是晚秋时节，花已无多，满眼枯叶，更在于菊之独有的姿态、神韵。

黄绦炫目晨曦里，
我看新菊最赏心。
或是寒秋多枯叶，
更缘体态溢花魂。

2023年11月17日晨

479 / 两岸学术会十八年有感

北京师范大学在珠海有校区，2023年11月25至26日，第12届海峡两岸现代汉语问题学术研讨会按时举办。忆起首届研讨会，2005年11月4至7日在南开大学举行，大雾弥漫。前后十八年，感慨万千。任凭风浪起，一群弄潮儿。

南开首届雾神州，倏忽光阴近廿秋。
卷卷宏文千纸鹤，人人壮志万兜鍪。
语言差异多通话，文字简繁得运筹。
艺苑常需根护理，凭栏海峡弄潮头。

2023年11月26日初稿于珠海，12月4日修改于医院病榻

480 / 京城神刀

祖先欲直立行走，累及人类常患脊椎病。25年腰疾，曰椎管狭窄，曰骨质增生，曰椎间盘突出。近年愈重，几乎日日欺我垂老之身。然总舍不得时间治疗。近半月来，数事压身，数会连身，终于倒下，生活按下"暂停键"。天降机缘，识得张雷鸣大夫，人称"京城第一刀"。局部麻醉，微创手术。妙手除病魔，还我健康身。手术台上，监护室里，无所事事，现场吟诗，后微调格律词句。以记其事，以谢大夫。

手术台上效关公，
微创局麻不叫疼。
京兆名刀裁病骨，
雷鸣妙手理神经。
腰疾廿五常欺我，
老叟七十再逞能。
平日岂知身珍贵，
扶伤室里悟人生。

2023年12月6至7日，从手术台到重症监护室

481 / 谈史

学生在医院陪床，与我长夜谈史，从周秦两汉至魏晋南北朝、隋唐宋元明清。国土苍生，分合兴衰；英勇大义，蝇营狗苟。形形色色，不胜唏嘘！黄炎培与毛泽东主席，曾在延安谈历史周期律。如何？岁月、人民将做出回答。

夜话古今事，
唏嘘史上人。
太平时短暂，
动乱世艰辛。
传有周期律，
今忆治乱君。
考官听岁月，
铁笔不虚文。

2023年12月9日，病房20床

482 / 医院语言景观掠影

候诊之时，与医生、护士交谈之间，察知医院语言景观些许特点。且时与陪护的学生评点，讨论可改进之处。语言学就在我们身边。

语言处处有景观，
达意表情传信澜。
住院岂只添医理，
问学就在自身边。

2023年12月12日

483 / 第二次手术

气温骤降，雪白燕山。原本说一次手术后，看看情况，"见好就收"。但为长远计，再做一两次。心一狠，再上手术台。若作英雄画，再吟"题画诗"（题跋）。

风雪送至手术台，
前日李郎今又来。
医剪声中诗染血，
英雄画上作跋白。

2023年12月13日，第二次手术中

484 / 效关羽

据传，关云长刮骨疗毒，能谈笑对弈。我手术中，不时与医生对话，谈论病情术况。偶尔寻些诗句，以分心止疼。

疗毒刮骨关羽圣，
谈笑风生对弈情。
医患术中谈病理，
吟诗炼句忘时疼。

2023年12月14日，第二次手术后于重症监护室中

485 / 护士颂

护士行走，日两万步，小步轻盈，有别常人。近日流感肆虐，她们带病上班，仍是轻声细语解病忧；吊瓶输水，若观音座前伺银瓶之仙女，普洒甘露救世人。

日两万步小旋风，
燕帽白衣天使萌。
晨晚聊无闲片刻，
播洒圣露捧银瓶。

2023年12月15日，病房20床

486 / 第三次手术

12月4日入院，22日出院。三次微创手术，三次炼狱，在腰5-4，腰4-3，腰5-骶1。医嘱：减体重，多运动，别久坐。甚以为然。入院时残月当空，出院时新月复现。古有诗句"月如钩"，我看月钩如吴钩，华佗取之作医械，根除痼疾承妙手。手术台上，重症监护室里，病房之中，无所事事，寻句杂吟，以分心忍痛。此为第三次手术时的分心之作。

三次手术愈两周，
蛾眉残月化吴钩。
医师取用成神器，
病除仍驰老骥途。

2023年12月19至20日写就，22日修订

甲辰新韵
/ 2024 /

1903年（清光绪二十九年）7月，清政府命张百熙、荣庆、张之洞拟订《奏定学堂章程》，1904年（清光绪三十年）1月公布，是年为旧历癸卯年，故称癸卯学制。百廿年前，兴办新学堂，接着1905年废科举，被认为是新旧中国的分水岭。回观百廿年前的历史分水岭，能不谱些新韵、唱些新曲？记于2025年元旦。

487 / 辞旧迎新

《繁花》电视剧火爆，赚人思旧情绪；而俄乌炮声隆隆，引发世人不安。俄与北约扳手腕，世界能和平吗？

《繁花》上海说尘事，
欧亚炮声世不安。
昨夜寒风吹旧岁，
今朝彩鸟报新年。

2024年元旦

488 / 大叶蕙兰

新年，友人送来一盆大叶蕙兰，花如桃红，朵如桃大，一串串，成花屏，叹为奇葩。置于书房，书香花艳，赏心悦目。

叶如宽韭条条绿，
花似鲜桃串串红。
雨露风光天地养，
结缘幸可近芳容。

2024年1月3日

489 / 甲辰除夕

甲辰60年一遇。60年前之甲辰是1964年，三年自然灾害刚过，"文革"风暴将起。120年前之甲辰是1904年，癸卯学制颁布，日俄战争在我领土上爆发，清廷风雨飘摇中。而今年，龖龖、鱻鱻刷屏，旧字复萌，游戏而已；龙的翻译争讼又起，是沿用旧译dragon，还是另造新译loong。不知60年后之甲辰，2084年的后人会如何描绘今之甲辰？

一遇六十又甲辰，
龖龖鱻鱻不识人。
华龙外译君难断，
后辈如何看是春？

2024年2月9日，除夕

490 / 都市春节

过年，城市人都奔乡下去。喧闹的都市冷清起来，偏僻的乡村热闹起来。漫步小区，遇不到几人。没有鞭炮声声，没有红花绿柳，立春、春节，虽有"春"字，但尚无春意。小苑中，冬阳里，闭目养神，晒晒太阳，也挺适意。也许那枯枝寒雀，比人更加盼春心切。

新年上演空城计，
路静街空不见春。
老雀寒鸣无叶树，
冬阳暖照有闲人。

2024年2月13日

491 / 破五

大年初五,又称"破五",民俗认为之前诸多禁忌,过此日皆可破。又传说初五为财神诞辰,上海旧有抢路头习俗,初四就要"抢路头","接财神"。书生难得财神青睐,还是读书去。

俗称"破五"除千忌,
晨起财神户户迎。
罕见书生能富有,
仍伏卷案伴青灯。

2024年2月14日,年初五

492 / 元宵节

年少,欢天喜地闹元宵。东家西家去捡炮,提着灯笼摔一跤,灯笼着火人哭了!年老,忙为儿孙煮元宵。猜猜灯谜助助兴,耳背打岔捡个笑,大家都笑我蒙了!有灯看,人团圆,心情好,就是好,莫要感叹人老了!

除夕守岁元宵闹,
雪融寻梅放暗香。
且信东风工染色,
长堤又见柳梢黄。

2024年2月24日,元宵节

493 / 续宝东佳句

前日,在高等教育出版社开《语言与语言学》专家审稿会。我把《元宵》小诗发给迟宝东,中有"且信东风工染色,长堤又见柳梢黄"句。宝东回曰:"春节期间到攀枝花探亲,远眺金沙大峡谷,得'江行山尽处,依旧是春风'两句,略微接近您这首诗意。"宝东之句,有唐风宋韵。我前接两句做铺垫,以彰其美。

纤绾千帆展,
波平百舸轻。
江行山尽处,
依旧是春风。

2024年3月1日

494 / 香橼再芳

前年友人送香橼,开花结果,人见人赞。去年竟多枝枯萎,叶片零落。欲弃之。吾妻心慈,说换换位置,给些阳光。谁知竟有新枝萌发,新叶生长,还开出花来。随风入室,异香扑鼻。花如何,不仅在花,更在养花人。

不惧冬时冷,
南株适北方。
奇葩三五朵,
满室尽芬芳。

2024年3月1日

495 / 守本

把近日几首诗发到群里,被迟宝东誉为"高产作家,时时有诗"。我称是"韵文日记",要"保持一枚诗心,不让平淡的生活和无聊的语境磨损了"。宝东曰"未经磨染是诗心"。以为诗眼,成此四句。

风云沐地山河秀,
岁月欺人耳目昏。
守本莫随俗世转,
未经损染惟诗心。

2024年3月1日

496 / 远方

吾妻前年底骨折,小腿胫骨腓骨皆断。手术年余,百方用尽,骨仍不连。昨日再次手术,坦然进手术室,历经六小时。削去骨头结痂处,嵌加3D打印义骨,十六枚钢钉,三块钢板,成钢铁侠。受极度罪,吃极度苦,只为余生能自理,有腿行走远方,赏大美河山。远方有诗,诗即远方。

三条钢板钉十六,
刀斧加身骨再连。
忍受人间极度苦,
祈能有腿赏河山。

2024年3月2日

497 / 孤眠

吾妻骨折长久不愈，手术7日，转博爱医院康复。四人病房，嘈杂难安。人言"少年夫妻老来伴"，今我家中独眠，切知"伴"之深义、"孤"之独感。

夫妻年少老来伴，
辗转身横夜被寒。
她病十天如数月，
灯孤榻阔照无眠。

2024年3月9日深夜

498 / 二月二

惊蛰刚过，便是二月初二，古代"御驾亲耕"日。万物复苏，农事开始。谚云："二月二，龙抬头，大仓满，小仓流。"虽然花未开，鸟未闹，但天渐暖，风渐柔，柳有绿意，玉兰含苞。春在眼前矣。

风惜气力天先暖，
柳染春意嫩色添。
二月龙头抬起去，
桃梨待雨绘山川。

2024年3月11日，农历二月初二

499 / 再吟白玉兰

妻名白丰兰，偏爱白玉兰。前日在医院视频，问我玉兰花开否。答曰"尚未"。今夜独步，至小区北隅，忽幽香暗送，地撒新英，一树玉兰魔幻般开放。忙电告病妻，先怨我粗心，次说她今日站床训练，轮椅户外行，明日可拆线，身体魔幻般向好，心若早春玉兰。玉兰者，春风第一枝，早过迎春桃杏。

东风两日施魔幻，
百蕾摇身一树妍。
史颂柴扉墙外杏，
谁曾墨赞早玉兰！

2024年3月14日

500 / 早春

暖风两日，柳染新色。玉兰、迎春、早樱，昨日还是含羞蕾，一夜过后竟开放。春步猫般轻盈，不声不响，霍然而至。的确，春来也！

季脚无声响，
玉兰一夜开。
迎春新柳色，
几树早樱白。

2024年3月15日

---

[1] 宋代叶绍翁《游园不值》："应怜屐齿印苍苔，小扣柴扉久不开。春色满园关不住，一枝红杏出墙来。"

501 / 降温

今日停暖,天又降温,寒中加寒。北风带哨,玉兰、早樱在风中挣扎,落英纷纷。乍暖还寒,春步不容易,事事不能全遂人。但必然是春天了,谁能挡住春脚步?

冷风生怕春来早,
云末狂袭带哨音。
嫩叶鲜花失本色,
天程反复不由人。

2024年3月16日

502 / 失眠

担心病妻,睡不安稳。半夜醒来,随意翻看手机,浏览旧照,打发时光。夜,还真是太长了。

夜半醒来不复眠,
手机旧照任心翻。
虚实往事床前月,
断续春风颂早安。

2024年3月19日晨

503 / 望月

月夜漫步，风轻香幽。看月面阴影，实乃月海、陨坑，登月不见广寒宫，更不见嫦娥玉兔、吴刚桂树。玉皇大帝、二十八宿与万千星辰……天文学披着神话霓裳，在夜空飘舞。

夜晚香风软，心闲月下人。
嫦娥霓裳舞，玉兔广寒吟。
登陆飞船客，寻仙旱海滨。
传说融见像，侧目数星辰。

2024年3月22日

504 / 早花

古人云：红花需绿叶扶持。然而春日早花，有花无叶。不需叶扶持，一开报春来。游人攀赏，最爱喜折枝，谁人思秋果？

最是惊人数早花，
未生片叶挡风沙。
攀折赏赞皆游客，
焉管秋实落哪家。

2024年3月23日

505 / 再学步

吾妻术后第23天，经各种康复手段，体力、精神皆有好转。周日，数学生来探望、看护。晚饭后，我将她扶起，双手相牵，重新学步。步伐还挺协调，我退她进，趋向门口，走出门外。坐下稍歇，再走回病室。人人振奋，学生们不仅拍照，还起哄说是翩翩起舞。我也心情大好，说，今五十步，明一百步，五十步"笑百步"，步步踏出新人生。

术后重学走，
夫妻牵手行。
翩翩若舞蹈，
迈步向新程。

2024年3月24日

506 / 春雨

农谚：春雨贵似油。清明前后，小麦拔节，夜静可闻其声。柳绿桃红，折柳轻拧，可制柳笛。柳笛是我童年的美好记忆，柳笛声是我童年的天籁之音。

麦喜清明雨，
拔节夜有声。
春笛引鸟和，
柳绿衬桃红。

2024年3月27日

507 / 乡情

人老爱说当年，客居总念家乡。家乡是出身，标记着人自何来；家乡是一种情，"母村"之念念不忘；家乡是一个梦，梦里都是童年的色彩。

老家本是一心物，齿落头白梦更勤。
岁至清明人不返，身栖客地供难亲。

桃花李朵描春色，故事俗闻记母村。
柴灶炊烟飘土味，林坡鸟语带乡音。

山川大廓无新变，路户微观少旧人。
念绪长酿愁愈重，风吹细雨沐灵魂。

2024年4月1日

508 / 清明思乡

清明，慎终追远，思念故土。铜峰耸立，泌水汤汤，养我浩然之气。若能长桥闲步，绿柳春衫，何其惬意！然而，这只是客地想象之事。想象，是个美妙善物。

霞光染鹤风回暖，
漫步长桥万事闲。
泌水汤汤桑梓地，
湾堤柳绿是春衫。

2024年4月4日，清明

509 / 老家

弟弟和两个妹妹携亲眷回河南老家,为父母、祖父母立碑圈墓。我因妻病不能返乡。姊妹们发来一些照片、视频,感受到老家的温馨。

游子还乡万里云,
早闻喜鹊绕家门。
老宅草木情深重,
树上石榴待主人。

2024年4月5日

510 / 春浓

一夜春风,万紫千红,令人惊诧。春日,有时乍暖,忽而还寒;有时步态蹒跚,有时骥骥跳跃。春,常给人惊喜的季节。

含苞欲放昨时见,
万紫千红今日惊。
百事皆需循序进,
名花只待五更风。

2024年4月7日

511 / 春趣

春之趣，在时时多变，在处处生机。从细叶颤动中，从花片纷飞中，皆可见其趣，得其妙，觅几行诗句来。

风吹嫩叶蝶衣颤，
雨打繁花凤羽飞。
缘甚争夸春日好，
心聪目见尽生机。

2024年4月8日

512 / 仲春

仲春，花藏绿叶中，鹰上云端，雀狎枝头。只有丁香花期长，香味远。海棠摇曳，为一时花魁。花卉依时，各领风骚。

祥云万里苍鹰劲，
绿柳柔枝鹳雀狎。
几树丁香馨半季，
海棠看后不知花。

2024年4月12日

513 / 北京语言大学

北京语言大学有来园，来者，"有朋自远方来"之意也。北语百国学生齐聚，有"小联合国"之美誉，有"万国墙"之矗立。一花开而馨五洲，交往无国界；一言出而多人懂，沟通无时差。

来园百卉五洲名，
照片一发跨万城。
中外语言人尽晓，
要谈隐秘费心情。

2024年4月19日

514 / 诗之叹

中国是诗的国度，有唐诗，有宋词。而今诗人不吃香，写诗人远比读诗人多。

诗追李杜又如何？
写手或超读者多。
现世直白成大雅，
惊言费脑懒琢磨。

2024年4月27日

词章不是无情物

515 / 六九自寿

又到六一,又长一岁。弟子们为我买生日礼物,姊妹们远程同唱生日歌,学生、友人奇思妙想祝我七十华诞,说是"男过虚、女过实"。人到七十古来稀,挺可怕的古训。其实,古稀之人有时仍心如孩提。心不老人亦不老,唯心主义一次吧!

新桃陈酿虚七秩,
体弱齿松自逞强。
身畔孩提狂不羁,
恍惚我又少年郎。

2024年6月1日

516 / 芒种

五月人倍忙。农忙季节,亦是学界忙季,谑称"黑五月"。今日芒种,小麦丰收,学界大活亦近尾声。手中有粮,心中不慌。幸在太平时,幸为太平人!

心闲柳岸听风韵,
坐看云霞巧变身。
五月人勤芒种至,
仓实幸做太平人。

2024年6月5日,芒种

517 / 语学论坛

百名国内外学生，齐聚京东蓝调庄园，举办2024聚贤聊斋语学论坛暨李宇明教授研究生教育35周年学术研讨会。开始是《学术就是传承——我与导师二三事》发布会，还有火炬传递；接着是体现前沿话题的学术讨论会；晚宴简单，晚会奇妙，礼品文雅。一整天欢歌笑语，人间温情慧智，不过如此。所聚何为？尊师重学，人世之大文章也。

欢歌笑语乐无疆，
文曲百星聚满堂。
唯求师学只两事，
今贤亦写大文章！

2024年6月9日夜

518 / 懂你

白天研讨，五大专题激扬文字。晚上晚会，十大节目竞相风华。李门人众，藏龙卧虎。歌舞琴瑟，在我听来，皆若伯牙之《高山流水》。饶宏泉开场一曲《懂你》，便把激情点燃。压场之《点燃明天的太阳》，歌词是我34年前教师节之作，更让人老泪纵横。老夫有泪不轻弹，不在沙场在学苑。

《懂你》懂人更懂心，
宏泉一曲遏行云。
师门惟愿开怀笑，
尽是高山流水音。

2024年6月10日

519 / 书能消夏

7月22日大暑，7月25日中伏，中伏20天，一年最热的时候。很多人都张罗着找凉快地避暑。不过读书能消夏，心静自然凉。

蝉鸣树燥中伏里，
不慕江洋避暑郎。
蒲扇闲憩青案上，
读书夏日自清凉。

2024年7月25日

520 / 赏月

据说今年中秋有"超级月亮",但今晚却是阴云闭月。好在昨晚拍得几幅皎月倩照;今天上午银杏大道散步,云朗风爽,早成一首赏月诗,有此可聊补缺憾。

一坡银杏拂圆月,
最是秋风酣畅时!
梦在云天陶醉处,
或闻李杜赋新词。

2024年9月17日,中秋之夜

521 / 中秋火烧云

中秋云闭月,赏月对阴云。阴晴圆缺天无意,悲欢离合人多情。连日来,又凉风秋雨,时大时小,时紧时停,阴凉人心,不知秋思何寄?今黄昏时分,突然火烧云天际燃起,漫天彩霞,惊艳无比。狂欢般夺门而出,连连拍照,发朋友圈,自娱娱人。仿佛是对中秋盼月的补偿。

浮云万仞遮霄幕,
不顾人间盼月心。
阵雨时来绵两日,
天边竟燃火烧云。

2024年9月20日

522 / 友聚

中秋时节，左东岭兄发起，约洪波、黄树先、陈前瑞诸位，国庆前夕聚于红蕃茄楚膳店，小酌。秋风萧瑟，晚霞似锦，楚餐诱发旧时口味。海阔天空无所不谈，学苑故事皆可佐酒。人有故友知己，幸矣。

云霞映盏香流彩，
故友谈天可见心。
缘在学根合秉性，
击节畅饮醉黄昏。

2024年9月30日晚

523 / 重阳

岁岁重阳，今又重阳。小友买来几盆秋花，省我登高之劳，酬我赏花之心。往年此时，都是我祝父母、师长健康长寿；岁月流转，而今我也成为被祝之人。秋日自有秋日之韵，人老自有人老风华。且忘乎年龄、季节，不分它祝与被祝，赏花便好！岁岁重阳，今又重阳，秋老黄花分外香！

重阳敬老菊添寿，
几盆秋花悦寸心。
往岁师长纳我祝，
今年瞬变拜福人。

2024年10月11日

524 / 词章有情

吾妻读旧日文字,双目噙泪,话语呜咽。文字写在心动处,读来方能再动心。为文为诗,皆来自心动。着墨走笔,忘却讽喻之技法,不为功名之效用,如人之着魔,如笔之入神。不动己心,难动人心。不动己心人心,词章无情无神,写来误己,付梓误人。

词章不是无情物,
动我心时笔入神。
讽喻功名皆忘却,
唯知不作应酬文。

2024年10月14日

525 / 祭母

母亲逝世一周年，妹妹们回乡祭奠，我和弟弟网上拜谒。一抔黄土，墓碑耸立。墓联"睦邻乐善泽乡里，教子报国照万年"，是对父母一生的评价；横批"人寿心安"，是儿孙对父母"持家为善、寿终正寝"的心理感受。虽然阴阳两隔，但血脉在子孙身上流淌，教化在子孙树上结果。一摞火纸，一坛祭品，行行热泪，袅袅青烟，表孝子心，或可通阴阳两界。阴阳者，家族史也！

阴阳两界精神在，
辞母周年转瞬间。
养育深恩一世报，
秋风火纸化云烟。

2024年11月4日

526 / 挚友聚会

回郑州大学,主持中原语言与黄河文明高层论坛。中午与老同学聚,相约20年,年年相聚。我说:"兄弟是血缘形成的,是自然的;同学是学缘形成的兄弟,是理性的!手足之情,同学之谊,是永恒的!"张华(华艺光影)发来大家在郑大银杏林中的合影,还有与史国新同行的郭熠的艺术美照,仿佛我们也都年轻了。

秋风黄叶里,
华艺影光新。
友聚陈年酒,
杏林舞美裙。

2024年11月9日,郑州大学

527 / 再吟黄河

中原语言与黄河文明高层论坛,经多年谋划,今终起程。贤达云集,论中原官话之地位;少长齐聚,议黄河文明之久长。研究话题前卫,学术范式大变。更喜河南籍年轻学人,朝气蓬勃,能做新事,能成大业。

一跃千山入海洋,
统揽万川绘炎黄。
语言文化源流润,
再做新舟渡津梁!

2024年11月10日,写于中原语言与黄河文明高层论坛闭幕之际

528 / 无题

事似棋局断续更,
人如棋子跳无停。
车马过河望将帅,
奔驰短站又长亭。

2024年11月13日

529 / 银杏大道

周末,女儿一家回来,陪我们在小区的"银杏大道"漫步。树上黄叶稀,路上积叶厚。夕阳夕照,黄金灿烂。外孙女抱起一捧捧黄叶,天女散花般抛向天空。也有姑娘,托着手机,念念有词,似在做抖音直播。女儿半躺在路边,如倚在金黄的毡毯上,故作惬意状,惹妈妈高兴。吾妻受不住诱惑,从轮椅上下来,踏叶徐行,嚓嚓有声。突然踩碎一颗银杏果,发散出特殊的气味。

寒霜染木秋黄色,
叶落夕阳遍地金。
老妪更衣留艳照,
网红抢景抖播音。

2024年11月16日

530 / 京师冬貌

去老城区故人家。万木叶落,枝杈耸天,城街袒露。冬日里,红绿尽褪,本色尽现。这也是我在南方时,想象的京城面目。然而,大雪一来,天地一色,一切又掩盖在雪色里,世界又看似单纯起来。

树秃叶枯城裸露,
鹊踏寒枝雁恋群。
本色脱离红绿后,
千郭雪覆再单纯。

2024年12月6日,大雪节气

531 / 冬至

冬至如年,春意暗动。虽常有家乡视频传来,但不能根本解我乡愁。昨晚一梦,竟然高铁还家,听鸡鸣犬吠,见晚霞炊烟,食母亲新蒸的野菜馍。家乡为何?心头常愁、梦中常见之物。

乡愁怎被视频减?
犬吠炊烟野菜花。
高铁一鸣三百里,
祥云伴我好还家。

2024年12月21日,冬至

532 / 学术养人

参加戴庆厦汉藏语系语言研究学术思想研讨会,并庆祝戴先生90华诞。先生著作等身,桃李满天下。去年米寿,我们曾送茶具,就是良好祝愿,是一个"小目标"。祝先生寿如南山之高耸,学如长江之滔滔,青春不老,身心康健!

等身著作馥千家,
桃李东风大苑花。
学术养人德荫远,
昨时米寿他年茶。

2024年12月28日

533 / 刀片嗓

是感冒还是新冠?吃点治标的药,坚持干活。上午,参加语言文字应用研究所语用研究与专业服务高质量发展座谈咨询会;下午,参加2024"一带一路"语言教育文化论坛。以此告别2024年。

嗓如刀片割,
手势代言说。
老伴七分懂,
学当哑子哥。

2024年12月30日

乙巳春吟

/ 2025 /

2024年，农历甲辰年。甲辰岁金龙施威：五洲震荡，四海翻腾！2025年，农历乙巳年。乙巳年灵蛇献瑞：青山着意，红雨随心！百余日，得诗30余首，名为《乙巳春吟》，多为琐事所感，多为草木之吟，以诠生活，以记心路。记于2025年5月5日，立夏。

534 / 元旦感言

元旦是世界多数国家的法定假日。1912年中华民国决定阳历1月1日为"新年"，中华人民共和国成立后，称之后元旦。一百多年来，元旦仍是平平淡淡，难抵春节之热闹。于此可知倡新不易。

元旦平常不像年，
守成容易倡新难。
祖传文化根深远，
举世春节闹九天。

2025年元旦

535 / 除夕感怀

十二生肖，各有秉性。秉性何来？一半传统，一半演绎。今人多惧蛇，含蛇成语多贬义，蛇入生肖令人称奇。乙巳春节，赞曰灵蛇，或曰蜕皮有生命张力。其他美辞，实再难觅，但美意不减，年味仍浓。

甲辰乙巳除夕换，
龙武蛇灵各不同。
十二生肖谁塑性，
今人演绎旧时空。

2025年1月28日，除夕

536 / 乙巳年话

新年总要借助生肖说些吉祥话，龙腾虎跃、马到成功、牛气冲天、雄鸡高唱是也。而今年，除了灵蛇献瑞、巳巳（谐音"事事"）如意，几乎难觅美辞。其实，爆竹一燃，烟花一放，微信一发，年就到了，万事吉祥。

乙巳新年觅美辞，
含蛇仿语悖情思。
搜肠刮肚难成意，
鞭炮一声万事吉。

2025年1月29日，年初一

537 / 人机共舞

"过境免签"引来国际游人，小红书正上演中外网红故事，春节翩然而至。春节晚会，杭州宇树科技的16台机器人，与16名新疆的舞蹈演员，一起扭秧歌，奇妙无比。DeepSeek（深度求索，简称"深索"）大语言模型，帮人和诗、写诗、赏诗、集句或发表锐评文章，水平远超凡人。给豆包一段词，它能谱曲、歌唱，美声赏心。东方中国，传统春节，到处演绎人机共生的数智新事。

跳舞人协机器人，
杭州深索写诗文。
春节本是焰火事，
竟与新科共美辰。

2025年1月30日，年初二

538 / 彩头

记得当年在豫南农村，一入腊月，便有外乡人逐家送红帖。红贴上，画一石猴，谐音"时候"；时候者，好运也。石猴两边各书一行字："时候到门前，四季保平安。"来人声称"送时候"，或曰"送彩头"。主人接到，贴在墙上，曰"时候到了"，并把家中的粮食、面粉或馒头，送些给来人。随着农村土地承包，扶贫振兴，解决了吃饭问题，送时候的人群早没有了，只余"时候""彩头"的新词义。不过凡喜庆之时，年来节到，人们总爱说些吉祥话，以图吉利，有个好彩头。这与溜须拍马之言形似而实不同。溜须拍马是说虚假话讨好他人为己谋利，吉祥话是说传统套话以期人好。

喜庆也需好彩头，
彩头拍马两因由。
语言反腐当甄辨，
吉兆只言解百愁。

2025年2月2日，年初五

539 / 乙巳立春

初六又逢立春，家人外出餐聚，见杨柳枝柔，已染淡淡春色。春归来，万物复苏在即，然人仍疏懒在假期里。

喜看枝头杨柳色，
春归未卜绿先知。
冰河渐融风寒退，
物欲复苏梦醒迟。

2025年2月3日，立春

540 / 春意

雨水节气，却清空万里。放眼天地，仍是冬天的样子。迎春藤初萌花蕾。落日楼头，晚霞布天。市井虽喧嚣，若闭目塞听，也便心闲人闲。忽有年轻母亲，与孩子一起吟诗，"蒹葭苍苍，白露为霜"，为初春增加些诗意闲情。

迎春蔓里寻初蕾，
落日时分看晚霞。
市井喧嚣心蔽耳，
忽闻母子诵蒹葭。

2025年2月18日，雨水

词章不是无情物

541 / 春之名实

春节、立春、雨水，春之名声早播，春天似乎早至。然行走户外，名实不副，仍无多少春的气息。何时才能莺歌燕舞、草长莺飞、桃李满园？

时临雨水河仍冻，
北地春迟叶未萌。
纵有名声实不至，
除非燕舞百花红。

2025年2月22日

542 / 廿年回望

邹煜教授为撰写《家国情怀2》采访我，备有十二个问题，遍及二十年来中国语言生活研究。二十年，弹指一挥间，但往事历历在目。访谈四个半小时，仍无倦意。学术蓝图，二十年愈绘愈佳；年轻学人快速跟进，百舸竞流。抚今追昔，快慰如饮甘露琼浆。晚上归来，夜不能寐，口占一绝。

廿载人生刹那间，
韶华供献我心坛。
海天盛景曾描绘，
回望江流竞后帆。

2025年2月25日夜

543 / 待东风

雨水过,惊蛰来。唤万物苏醒,催百花开放。何日桃李吐艳,只待三日东风。

雨水催眠树,
惊蛰醒冻虫。
君怀桃李盛,
许我问东风!

2025年3月5日,惊蛰

544 / 妻病感怀

妻骨折二次手术后,又是一年。复检影像显示:当年植入的钢板断裂,急需再次手术,否则将失去基本的站立行走能力。妻向来羸弱多病,怎度过此次人生大关。但她说,还有一些事情要做,手术就手术。真个是"我命由我不由天"。

屋漏偏逢连夜雨,
天慈不恤躺平人。
光阴片刻千金用,
我命由我自己拼!

2025年3月6日夜

545 / 早春

迎春花又称"金梅",与梅花、水仙、山茶并称"雪中四友"。它春日开花最早,故得"迎春"美名。其实,早玉兰几乎与其同放,亦是百花中早得春信者。早春漫步,俯寻藤间迎春,仰观枝头玉兰,远看竹梢新鸟展翅,时闻三两声布谷催人,感受着春消息。又是农民耕作、牧童吹笛的时节了。

莫道金梅风信早,
玉兰百卉最知春。
竹梢鸟雀舒新翅,
布谷殷勤唤牧人。

2025年3月9日

546 / 玉兰颂

小园里有几株早玉兰,与迎春、连翘一起报春。花冠如蝶如鸟,夕阳中,蝴蝶展翅,彩鸟踏枝。半壁庭院,辉映成淡淡粉色。如此芳容,即使百花斗艳,也不输桃李的。

玉兰几树庭园粉,
花裳如蝶恋晚阳。
宁与迎春同抗冷,
不和杏李斗风光。

2025年3月11日

547 / 鸟鸣春

暮色降临，东西树间，鸟儿共鸣。对话若有约定，婉转若唱山歌。不同文化、不同人群，人世间对话实难，动不动就是恶言相向，刀枪狼烟。久坐春风里，听鸟语天籁，叹人世苍生！

树隙透月听鸣鹊，
唱和应答似有缘。
最苦人间难对话，
春风久坐悟禽言。

2025年3月11日

548 / 二月暮柳

京师黄昏，暮云轻绕，淡柳寂垂，点点雨星。若将高楼汽笛，换作水牛牧笛，真怀疑，这是二月江南，身行穿越。

轻烟冷雨两三星，
寂柳丝垂暮色中。
若有牛童吹野调，
身疑二月在江东。

2025年3月14日晚

549 / 去医院路上

妻再行手术。为何一而再,再而三,只为能够站立,保持基本行走能力,不做"睡婆婆"。今日住院,路上春光明媚,对我却白图一幅。事急人无赏美心。

飞云万片拼积木,
犬马鹰鸽是似无。
事紧头脑生铁锈,
春光大好亦白图。

2025年3月18日

550 / 妻手术归来

手术室外候亲人,世间最难熬。一半担惊,一半祈祷。上次手术六时半,这次手术复杂,预计不会短。正木然,忽闻病人回病房。但听叫冷,瑟瑟发抖;但听叫疼,面无肉色。鬼门关外走一遭。第二天查房换药,见六大刀口,缝合钉如蜈蚣爬满小腿,几无完肤。大夫云,手术顺利,术后可站可缓行。为了生命质量,何惧刀斧加身!

刀剪铿锵钉板固,
铮铮铁骨再成形。
宁愿重吃三遍苦,
只期站立慢移行。

2025年3月19日

551 / 春分

春分，意味着春天过半，昼夜平分，正是百花闹春时。清代方仁渊，诗、医俱精，他有诗句："幽怀常怕负芳辰，又见花飞一半春。"（《春分日有感》）但今年春寒久，春来迟。只是柳条新绿，只有迎春、连翘、山桃、玉兰几种早花饰春。要花飞半春，还需天暖几日，气温升起。

拂风杨柳枝初绿，
映水山桃蕊早红。
本是花飞春半景，
芳辰有待气温升。

2025年3月20日，春分

552 / 春寒

天乍寒，春倒退，风袭衣襟。花叶失神，鸟雀走音。温度温情，天地人间都是需要的。

风寒百卉佚精神，
嫩叶卷曲鸟抖音。
万物皆需温暖伴，
须知更甚是人伦。

2025年3月27日

553 / 春闲

妻今日出院回家,再过几日拆线。手术成功,康复有望。黄昏时分,我也可小院闲步。晚霞播彩,百花争艳。鸟鸣更脆,你唱我和。坐藤旁长椅,观花听鸟,忽觉得天地悠闲,烦恼一空。

桃花人面处,
更有鸟和鸣。
独坐春藤畔,
稍寒苑柳风!

2025年4月3日

554 / 流芳

清明前后,各色花儿次第开放。玉兰紫,木槿红,海棠艳,丁香臭。山桃、连翘久不衰,地上新开二月兰。然春不能久留,不能收藏,黛玉葬花式的春愁,便成永恒话题。

天暖才三日,
花来目不暇。
流芳难久驻,
折柳叹无涯。

2025年4月4日,清明

555 / 春夜见闻

月夜，灯昏，春寒料峭。鸟雀早入巢，静悄悄。散步人三三两两，议家议世，多有牢骚。晚班人，疲惫赶车，无暇抱怨。更有快递小哥，飞车而过，生怕误单罚款。古云，饱汉不知饿汉饥；今言，人都活在自己的时间里。

漫步安闲路，
归巢鸟静音。
月照月光族，
快递快飞人！

2025年4月4日

556 / 梦乡

清明，不能还乡祭祖。窗前置一蒲团，月昏风凉。焚一炷心香，酙一杯清酒，默默面南而祝。恍惚入梦，至父母墓前，山青草绿。采些野花山果，跪拜不起。当年曾有壮语：父母双全！而今只诵曾子言：追远慎终。忽然梦醒，双目噙泪，无限惆怅。遗憾竟是一场梦，亦恨梦幻太短暂。

蒲团酙酒轩窗月，
衔梦黄鹂入故乡。
远倚青山春草盛，
坟前长跪祭爹娘。

2025年4月6日

557 / 早花

早春之花，都是有花无叶，迎春、连翘、玉兰、榆叶梅、杏花、李花、桃花、梨花、木槿、海棠皆然。"红花也得绿叶扶持"，这俗语在早花面前，显得俗套。观人世间，最有韧性者，亦是巾帼红颜。

焉需绿叶当帮衬，
二月春花自傲寒。
看似柔弱实性韧，
巾帼顶起半边天。

2025年4月7日

558 / 紫藤

清明过后，紫藤花开，或纵横在花棚之上，或爬墙到屋瓴之颠。花影独特，花瓣如蝶，花香四溢，紫气一片，继海棠之后成一大景观。紫藤本是伏地植物，幸有园艺妙手，得巧人相助，而今却能攀附凌空，人争称赞，誉过凌霄之花。夫人身体见好，外出晒晒太阳，拍得几张紫藤照片。感慨系之，得诗数句，录而存之。

攀墙绕柱上屋瓴，
紫染蝶花影舞风。
本是青藤伏地命，
亏得巧匠助凌空。

2025年4月9日

559 / 牡丹与芍药

小区小园中，牡丹盛开，有白有黑有红。北京牡丹开放，竟如此之早，如此之艳。印象中，牡丹盛开季，应在四月中下旬，应在洛阳与菏泽。记得有一年四月底，去洛阳，兴冲冲看牡丹。谁知牡丹竟过季，满地类似牡丹盛放者，竟是芍药。然而两者名分位序，判若云泥。

人间四月牡丹红，
一日花开动帝京。
芍药颜值伯与仲，
俗间位份勿用争。

2025年4月10日，从北京飞香港途中

560 / 春色

春日早花是迎春、连翘，黄色。次之是玉兰、早樱、梨花，或粉或白。次之是榆叶梅、桃花、海棠、木槿，皆是红花。而今春过半，丁香、紫藤，紫花登场。女儿发来桐花照片，更是满树紫色，想那山野间，定是紫气升腾。一春花色数次变，方悟"万紫千红总是春"。

万紫染千红，
丁香又紫藤。
春来数色变，
大地泡桐风。

2025年4月10日，从北京飞香港途中

561 / 再访香港中文大学

香港中文大学是"结合传统与现代、融会中国与西方"的有影响的大学，重视"了解社会、了解自然"的通识课程。近来，通识教育部开设"访谈中国"讲座系列，意让学生了解中国的历史与现代。我受通识教育部主任李行德先生（Professor Thomas Hun-Tak Lee）之邀，再访香港中文大学。老友相见，新朋新交，话中国，话香港，话年轻人，从历史到未来。语言伴粤餐，更是一番滋味。

依旧楼林依旧人，
新朋老友话根魂。
晓解中华千载事，
方知去路与源心。

2025年4月11日口占，15日定稿

562 / 维园闲步

香港公干，住处近维多利亚公园。早晚饭后，携友园中漫步，观港岛奇花异木。增广见闻，独得乐趣。走万里路，方能成"行走的百科全书"。说起紫荆，有南北之分。北方紫荆是豆科紫荆属，先花后叶，从根到梢，一树皆花，谓之"满条红"。南方紫荆是洋紫荆，豆科羊蹄甲属，花香如兰，姹紫嫣红，花期从11月持续到次年4月。而今香港紫荆，花期刚过，枝头只有些余英。万花有信，花期一到，定会再荣！

一方水土一方树，
北地南国有异同。
几友维园闲散步，
紫荆谢后再新红。

2025年4月12日，香港帝悦酒店

词章不是无情物

563 / 谒蔡元培、陆费逵二公墓

中华书局（香港）两位前老总东晓、侯明陪同，与晓海去香港仔华人永久坟场，拜谒蔡元培、陆费逵二公陵墓。蔡公主政北京大学，兼容并包；主政民国大学院，兴教育、倡白话、推国语。陆公办书局，印教科书，开民智，图国存。二公为国为民，奉献无量精神财富，但抗日战争时期，却流落港岛，衣食无着，贫困而终。谒墓思其人其事，思其身后荣辱，不胜感叹！出得坟场，抬眼望天，祥云中竟现彩虹，为一奇观！

尽瘁为民族，临终少米油。
邦亡家怎在？客港陨穷途。

教育新华史，国语百姓福。
俗文开众智，铸版印宏书。

数友怀先辈，拂尘理乱芜。
阅碑忆过往，目泪奉花祝。

毁誉因时代，人心制冕服。
茫然抬望眼，天宇现虹图。

2025年4月11日，香港飞北京途中

564 / 春暮

暮春暮色中，西天残霞里，片片云朵闲布，似是演绎天道阵法。常被吟诵的春花，皆已凋零。园中一棵山楂树，突然怒放，白花花一片，格外显眼，仿佛是春天的一个感叹号！

暮云布阵显天规，
长柳梳风绿渐肥。
有木迟萌疑树病，
山楂聚放竞花魁。

2025年4月17日

565 / 泡桐花

乘高铁，去安阳，参加国际文字大会。燕赵大地，麦田如毯。村落飞驰而过。楼房农舍间，耸立着一棵棵泡桐树，紫花盛开，连绵成阵。花容、气势，皆不输桃林樱园。

高铁脱缰冀赵行，
邯郸繁盛邺墟空。
村庄远近花夺目，
不是桃樱是泡桐。

2025年4月19日，安阳迎宾馆

566 / 春归

谷雨是春季的最后一个节气。熏风扑面，百花消殒，或凋零飞散，或隐身绿叶之中。黄庭坚《清平乐·春归何处》有句："春无踪迹谁知？除非问取黄鹂。"万紫千红隐去，春归何处？酿秋日之百果飘香。

谷雨绿风熏，
花隐草木深。
春归何处觅，
秋果挂山村！

2025年4月20日，谷雨

567 / 安阳国际文字大会有感

谷雨日，亦是联合国"国际中文日"。安阳召开国际文字大会，国内外学者数百人参加。文字对人类文明影响巨大，惊天地，泣鬼神。殷墟甲骨文的发现，把中国信史上推千年。龟甲卜辞，就是万卷史书；研究透彻，亦需用万卷书载。

造字引发天雨粟，
仓颉四目鬼惊哭。
殷墟甲骨千年史，
一片卜辞万卷书！

2025年4月20日，谷雨

568 / 春夏之交

午后，携妻子去小园晒太阳，据说可以补钙。闲观蓬间雀跃，幽听杜鹃唤友。风渐暖，花无踪。下一花期，应是月季、荷花当值了。

蓬间小雀轻盈跳，
深树杜鹃唤友鸣。
春夏交合花遁影，
待吹月季艳阳风。

2025年4月22日

569 / 月季

五月一到，月季盛开。花朵如盘，色彩如画，诠释着"怒放"之意。一树树，一路路，映射着霞彩流光。晨光里，练拳人不练拳，唱曲人不唱曲，争相拍照。原以为春归再无花，谁料到夏初又芳菲。一年四季，风雨霜雪，用心四野，或皆有草木艳遇。

花开满树惊晨鸟，
露伴馨香醒万家。
夏日芳菲谁继续？
窗前月季是朝霞。

2025年5月4日

570 / 山行

昨晚一梦，家人去山中民宿度假。孩子们编柳冠，簪花英，竹竿为马，枝杖作旗，开心玩耍。我与老伴爬山采果，身疲而坐，掬泉爽饮。不意惊山鸟，疾鸣而飞，飞鸟亦惊人。妻讥鸟胆小，实乃自己吓自己；亦赞其机警，时刻防敌成本能。梦醒来，回味无穷。

家人度假林中院，
柳絮编冠杖作旗。
捧饮清流心畅透，
山行不意鸟惊飞！

2025年5月5日，立夏

诗窗半启看人生
——《词章不是无情物》后记

我没有想到自己能够出诗集。人到七秩之年,没想到的事情成了现实,自然是高兴异常。

中国是诗的国度。幼时就受到儿歌、诗词的熏陶,吮吸文化母乳。稍长,学写新诗,那只不过是押韵的"长短句"。古典诗词格律对我的影响,最早来自《毛泽东诗词》,那是一个特殊的年代。但学写格律诗、学着填词,是在年近不惑之时,也是我重读中国古典作品之时。

论文、公文的写作,与诗词是两个套路,两种风格。学术研究和行政工作之余,读读诗、写写词,是积极休息,也是保有文学情趣、形象思维、批判精神的"小动作"。生活中有所思有所感,物化为诗词,呈与诗友,相互点评唱和,也是一种生活,一种乐趣。

2015年,曾整理过往诗稿,名为《身在春中知春好》,用电子版发给学生们,算是我最早的"诗集"。后把每年的诗作编印出来,有《戊戌浅唱》(2018)、《借问云生处、桃源是有无》(2019)、《庚子行吟》(2020)等,作为新年礼物送友人,附庸风雅。还有多位好友,把诗词制作成PPT,插图配乐,为它涂抹上一层美的色彩。

词章不是无情物

《海燕》2024年第8期，开辟拙诗专栏，还将我作为封面人物进行介绍，冠以"学者、诗人"名号，2025年第1、3、5期，又发表拙作，荣幸之至。《中华诗词》《亚太文学》也发表我的诗作，感谢之至。

每首诗，吾妻白丰兰女士都是第一读者，有时还参与构思炼句，评说到位，批评中肯。诗集中有一首《书夫人》，是说常从书中获取教益，我也把这首诗献给她。田列朋、唐培兰帮助整理诗稿，校对诗集，这是另外一种意义上的"教学相长"。

感谢所有帮助我在诗词道路行进的朋友、知音。诗乃生活，我的诗作，是半启诗窗看到的生活，也包括人生自省。与君分享，是一种幸运！

李宇明
2025年5月25日，记于北京惧闲聊斋